Nathalie Antien

# Hakhamin

## La cité perdue

FSC
www.fsc.org

MIXTE

Papier issu
de sources
responsables
Paper from
responsible sources

FSC® C105338

© Nathalie Antien
© 2025 Nathalie Antien
Édition : BoD · Books on Demand, 31 avenue Saint-Rémy,
57600 Forbach, bod@bod.fr
Impression : Libri Plureos GmbH, Friedensallee 273,
22763 Hamburg (Allemagne)
ISBN : 978-2-3225-7285-4
Dépôt légal : Février 2025
Loi n°49-956 du 16 juillet 1949 sur les publications destinées à la
jeunesse.

.

A ma famille,

« La civilisation est comme une fine couche de glace sur un océan profond de chaos et de ténèbres. »

Werner Herzog

# Nathalie Antien

# Hakhamin

## La cité perdue

# Chapitre 1

## L'appel de la forêt

Isaé et Naël observent l'immensité de la forêt amazonienne depuis l'arbre sur lequel ils sont perchés. Isaé est une jeune femme athlétique à la longue chevelure blonde et aux grands yeux clairs tandis que Naël, yeux marrons, cheveux bruns broussailleux et barbe naissante, affiche une allure plus massive. Malgré qu'ils se voient peu du fait de la distance qui les sépare, leur amitié est aussi solide qu'un roc. La jeune femme vit à Annecy, en Haute-Savoie et vient tout juste de terminer des études d'archéologie à l'université Savoie-Mont Blanc tandis que son ami réside dans le village médiéval de Cordes-Sur-Ciel dans le Tarn où il exerce ses talents d'artiste peintre. Isaé adore aller le voir dans son atelier, surtout l'hiver quand les touristes ont fui les lieux et que la brume enveloppe la ville fortifiée dès l'aube. La légende raconte que les fortifications de Cordes auraient été construites sur le dos d'un dragon. C'est exactement le genre d'histoire qui fascine la jeune femme et stimule son désir d'aventure.

Après un vol long-courrier depuis Bâle, ils atterrissent à Cayenne en Guyane d'où ils repartent pour se rendre dans la petite ville de Saül, accessible uniquement par les airs et isolée au beau milieu de la forêt amazonienne.

Les deux amis se reposent une nuit dans un carbet avant de s'engager sur les sentiers qui s'enfoncent dans l'immense étendue végétale.

*Nous voici au cœur du poumon de notre planète,* pense Isaé.

Quelques heures plus tard, après avoir arpenté de nombreux sentiers balisés, ils pénètrent dans une jungle plus dense, n'ayant pour repère que leur boussole et leur instinct. Sur leur passage, les plantes s'ouvrent puis se referment comme pour les engloutir à jamais. Naël a le sentiment que la déesse de la végétation est en train de les digérer. Ils sont comme des fourmis dans cette immensité émeraude.

Plus tard, après quelques jours de marche, alors qu'ils contemplent la vaste étendue de végétation luxuriante, leurs deux cœurs battent à l'unisson. Une excitation palpable se dégage de leur visage alors que leurs yeux s'écarquillent

devant le spectacle prodigieux. Au loin, sur l'horizon, le soleil se lève paresseusement, projetant ses rayons dorés sur le feuillage dense.

— Tu es sûre que c'est ici ? demande Naël, scrutant l'horizon verdoyant.

Isaé ne prend pas la peine de lui répondre tout de suite. Elle semble vouloir prolonger ce moment magique de communion avec la nature. Naël remarque ses traits détendus et un léger sourire satisfait au coin de ses lèvres. Le paysage la fascine sans aucun doute.

— Oui, c'est ici, affirme-t-elle.

— Ah oui ?

La jeune fille soupire. Naël essaye constamment de la taquiner.

— Oui, c'est bien là. Le vieux Marco m'a décrit le lieu comme si j'y étais. Je reconnais l'entrée dont il a parlé, là où les arbres centenaires forment des voûtes de cathédrales.

— Si tu le dis…

— Ne commence pas, Naël, rétorque gentiment Isaé. Elle affiche un sourire espiègle que son compagnon connait bien.

Alors que les deux amis se trouvent encore dans l'hexagone, chacun occupé de son côté par ses activités, Isaé fait la connaissance d'un vieil homme tout à fait par hasard : Marco. La jeune fille le remarque alors qu'elle se trouve dans une bibliothèque. Elle fait des recherches en archéologie et passe au peigne fin les encyclopédies du genre. Alors qu'elle lève les yeux de ses livres durant quelques secondes, elle aperçoit un homme âgé qui feuillète avec précaution un ouvrage, assis dans un recoin de la pièce. Il se dégage de lui un imperceptible magnétisme, qui conduit Isaé à engager la conversation. Marco a la voix chaude. La jeune femme constate qu'il est très cultivé et rapidement, ils échangent sur des sujets archéologiques qui semblent les passionner.

La conversation débouche sur le thème des civilisations disparues et de l'extinction de certains peuples dans le monde. Les dernières paroles de Marco sont une révélation pour la jeune femme. Ses mots résonnent encore dans sa tête.

*Si vous cherchez Hakhamin, alors l'Amazonie vous attend…*

De retour chez elle, Isaé n'a plus qu'une seule idée en tête : retrouver la cité perdue. Lorsqu'elle parle de sa rencontre étonnante à son ami Naël, elle comprend que leur destin est maintenant tout tracé. Ils vont retrouver cette cité.

Un bruissement imperceptible les distrait quelques secondes. Un animal est sans doute tapi dans l'ombre et les observe. Ils sont les intrus en ces lieux. La forêt ne leur appartient pas. La nature y règne en maître.

— Marco a vu des choses incroyables là-dedans, explique Isaé tout en désignant l'immensité de verdure.

Depuis leur perchoir improvisé, la canopée s'offre à eux et se teinte de dégradés de verts qui rougissent par endroit sous les rayons de soleil qui s'intensifient peu à peu. Une chaleur écrasante prendra bientôt le pas sur la fraîcheur humide de la nuit.

— Qu'a-t-il vu, exactement ?

— Des choses…

— Mais encore ?

— Il est resté très mystérieux, tu sais. Il n'y avait qu'à le regarder et l'écouter pour comprendre à quel point ce qu'il avait vécu ici était fascinant.

Naël se déplace légèrement sur sa branche, comme s'il voulait se stabiliser. Son corps massif ne lui donne pas autant d'aisance que son amie, svelte et légère.

— Imagine qu'on découvre la cité perdue ! enchaine Isaé.

Naël croise son regard. Il pétille de mille étincelles. Ils sont venus chercher l'aventure et il semblerait que la forêt en regorge.

— Il y a davantage de chance qu'on tombe sur un animal sauvage que sur une cité perdue, tu ne crois pas ?

Isaé le fusille du regard. S'il ne veut pas partager ses rêves, c'est son problème. La jeune femme y croit plus que jamais. Face à la réalité de cette immensité verdoyante, elle ne peut qu'espérer. Le vieux Marco lui a donné des détails sur ses périples amazoniens. Il n'a pas pu tout inventer.

— Assure tes arrières, si tu ne veux pas qu'un jaguar te morde les fesses !

Naël rit de bon cœur.

— Ça m'étonnerait bien qu'un jaguar se risque à m'approcher ! rétorquet-il confiant. Sais-tu que les animaux sauvages ont aussi peur que nous ?

Son amie hausse les épaules. Au même instant, une nuée d'oiseaux s'envole au-dessus des arbres, fuyant un prédateur invisible.

— Allez ! On descend !

Joignant le geste à la parole, Isaé amorce une lente descente, prenant soin d'éviter les morsures des branchages. Dans son sillage, son ami la suit, redoublant de prudence afin d'éviter la dégringolade.

— Amazonie, on arrive ! s'écrie-t-il en conquérant.

Isaé se retient secrètement de rire.

Leur descente s'avère plus compliquée que la montée et ne se déroule pas tout à fait comme prévu. L'arbre est envahi de ronces et de lianes qui ralentissent leur progression. Le tronc est recouvert de mousse épaisse. Bien qu'équipés de bonnes chaussures de marche, leurs pieds glissent malgré tout. La jeune femme se retient in extremis à une branche pour ne pas chuter. Naël la retient d'une main ferme.

— Merci, dit-elle dans un murmure.

— Fais gaffe où tu poses les pieds ! Sinon, ça risque de finir en partie de toboggan !

Finalement, après maints efforts, nos deux amis parviennent à toucher le sol. Isaé est épuisée. Naël tente de dissimuler sa fatigue pour ne pas la décourager.

— Je croyais que je n'y arriverais jamais, avoue-t-elle dans un souffle.

— Tu voulais de l'aventure, et bien en voilà !

Chacun récupère son sac à dos laissé quelques minutes auparavant au pied de l'arbre.

*Heureusement qu'un singe chapardeur n'est pas passé par là,* pense Naël.

Leurs sacs ne sont pas trop chargés mais ils ont pris soin d'y mettre le nécessaire : de l'eau, de la nourriture non périssable, des médicaments et de quoi se soigner en cas de blessure, sans oublier une lampe torche, des allumettes, des vêtements de rechange, une couverture et une bâche pour la pluie. Isaé y a ajouté une boussole car bien qu'ils aient tous deux leur téléphone portable, ceux-ci risquent fort d'être inutiles du fait de l'absence de réseau sous la canopée. Le sac de Naël est plus imposant. Il y transporte deux hamacs légers et leur moustiquaire. Ils sont indispensables passer une nuit tranquille en pleine Amazonie, au milieu des bêtes sauvages et des reptiles venimeux. S'aventurer dans la jungle n'est pas une mince affaire. Il vaut mieux prévoir.

    — Tu as soif ? demande-t-il à son amie.

Elle lui fait signe que non. Il la soupçonne de vouloir économiser l'eau des gourdes.

> — On ne va pas tarder à trouver un point d'eau comme hier, ne t'inquiète pas. Même si la flotte n'est pas sûre, on utilisera nos pastilles pour la purifier.

Naël tente de la rassurer. Il aimerait surtout la convaincre de s'hydrater correctement. Le pourcentage d'humidité est particulièrement élevé et la chaleur s'intensifie.

> — Si tu transpires et que tu ne bois pas, tu ne vas pas pouvoir tenir, insiste-t-il.

Isaé, têtue, rejette sa proposition du revers de la main.

> — Ne préfères-tu pas manger un morceau?

Naël essaye d'être prévenant mais elle refuse catégoriquement, semblant plus préoccupée par la route à suivre que par son propre bien-être.

> — C'est par là ! annonce-t-elle en montrant une sorte de sentier à demi dissimulé par la végétation.
>
> — Si tu le dis !

L'homme se sent impuissant mais que peut-il faire contre la détermination de son amie ?

*Elle sera bien obligée de boire un peu sinon elle ne tiendra pas longtemps,* se dit-il.

Les deux amis se mettent en marche d'un pas lent mais assuré. Nul ne dit mot. Ils s'enfoncent dans la forêt, le bruit de leurs pas étouffé par la mousse et le tapis de feuilles. Les chants des oiseaux fusent autour d'eux, créant une sorte de mélodie envoûtante.

La végétation exubérante ne tarde pas à les engloutir. Isaé et Naël disparaissent derrière le rideau vert. Au loin, une famille de toucans croasse, perchée sur la cime des arbres.

# Chapitre 2

## La découverte

Le sentier est jonché de racines protubérantes qui s'entrelacent et constituent des pièges qui entravent leur progression. A maintes reprises, Isaé manque de tomber, se retenant de peu à un arbre ou reprenant son équilibre de justesse comme par miracle. Naël transpire abondamment. Le soleil est maintenant au zénith. Ils marchent depuis plusieurs heures maintenant. Les abords de la piste sont un enchevêtrement de plantes qui constituent une sorte de rempart impénétrable.

> — Il n'y aucune visibilité, remarque Naël. C'est un véritable rideau de végétation.

La forêt semble vouloir s'entourer de mystère et se protéger contre les intrus. Seuls des petits cris et des bruissements leur rappellent qu'ils ne sont pas seuls dans cette immensité végétale.

> — J'ai soif, se plaint Isaé.

*Tu m'étonnes,* ne peut s'empêcher de penser son compagnon.

> — Arrêtons-nous quelques minutes. Rien ne presse, après tout.

> — Tu as raison. personne ne nous attend, confirme la jeune femme. Du moins, je crois…

Le liquide frais qui coule dans sa gorge redonne un peu de vitalité à Naël tandis qu'Isaé ne prend que quelques gouttes.

*Elle va finir par se déshydrater,* pense-t-il.

Il la sait têtue comme une mule et n'insiste pas.

Il lève la tête en direction des cimes pour tenter d'apercevoir un bout de ciel. Les feuillages forment une couverture épaisse qui obstrue la lumière. La chaleur du soleil se ressent mais les rayons de lumière n'atteignent pas le sentier. La forêt demeure obscure et inquiétante.

— On marche depuis longtemps, non? demande Isaé.

— Environ 3 heures.

— C'est tout ?

— C'est déjà pas mal.

*Jamais contente, celle-là.*

— Finalement, je veux bien grignoter quelque chose, admet la jeune femme.

Naël réprime un sourire. Son amie deviendrait-elle raisonnable ?

— Ok ! Alors on va se poser ici un moment, histoire de récupérer un peu de forces.

Il se débarrasse de son sac à dos qui commence à peser sur ses épaules. Il tâte son dos et constate que son T-shirt est trempé de sueur. Isaé a littéralement jeté son sac à bonne distance. Elle aussi est ruisselante de sueur.

— Tiens ! Attrape ça ! dit-il en lui tendant un sandwich enveloppé dans un emballage en papier.

— Merci.

Naël sourit. Il aime beaucoup Isaé. Elle est vraiment très sympa malgré son fichu caractère. Elle est sa meilleure amie et il a l'impression de la connaître depuis toujours.

— Hum. C'est bon, commente-t-elle en mordant dans le pain un peu ramolli.

— Oui. Ça fait du bien de manger un peu.

Tout autour d'eux, la forêt est calme. Etrangement, les petits cris d'animaux invisibles se sont tus. Même les feuilles des arbres semblent s'être figées.

— Tu entends ?

— Quoi ?

— Ben rien, justement, dit Naël.

— Oui. Tu as raison. C'est comme si la jungle s'était subitement assoupie.

— Franchement aucune chance ! L'Amazonie ne dort jamais, crois-moi !

Comme pour le faire mentir, les feuillages des arbustes alentours se mettent à s'agiter, laissant présager qu'une créature va en émerger à tout moment. Les deux amis sont sur le qui-vive. Instinctivement, ils se redressent et récupèrent tous deux leurs sacs. Le mouvement s'évanouie aussi vite qu'il est apparu. Isaé scrute les abords du sentier. Plus rien ne bouge.

— Fausse alerte, annonce Naël en se rasseyant.

Ils entreprennent de finir leur déjeuner un peu plus rapidement que prévu. On ne sait jamais. Quoiqu'ils aient vu cela pourrait revenir à tout moment. Certes, ils aiment l'aventure mais ils ne sont pas non plus là pour provoquer le danger.

Après trente minutes de marche, le sentier se rétrécit légèrement. Les racines qui parsèment le sol se réduisent et finissent par disparaitre totalement, laissant place à une mousse d'un vert lumineux.

— Ça commence à grimper ! explique Naël qui marche en tête. Garde bien tes appuis.

La jeune fille lui emboîte le pas. Pour éviter de perdre l'équilibre, elle tente de marcher dans ses pas. Le terrain devient de plus en plus glissant. A présent, la mousse s'étend comme un tapis tout autour d'eux, débordant largement du sentier.

— Oups ! Je vais atterrir dans les broussailles, si ça continue ! s'exclame Isaé.

— Fais attention ! Le dénivelé est important. Si on dérape, on risque de dégringoler la pente dans l'autre sens, prévient Naël.

La jeune femme redouble de prudence. A la seule pensée de basculer en arrière et de dévaler le sentier comme un ballon ne lui dit rien qui vaille. Mieux vaut écouter la voix de la sagesse, en l'occurrence celle de son compagnon de route.

— Je crois qu'on va bientôt arriver au sommet, la rassure-t-il.

*Ce n'est pas trop tôt,* pense la jeune fille. *Je suis courageuse mais faut pas exagérer non plus.*

Son ami a raison. Le terrain redevient plat même si le sentier est toujours parsemé de blocs de mousse glissante. Ils jettent un regard en arrière et constatent que la pente est vertigineuse. Ils n'en avaient pas pris autant conscience en montant.

— On est haut, dis-donc !

— Oui. On dirait bien qu'on a gravi une petite colline…Ou peut-être même une montagne.

— Regarde là-bas ! s'écrie Isaé en désignant un coin de la forêt.

— Tu as raison ! On dirait bien une…

— C'est une clairière ! le coupe son amie.

*Une clairière au bout du sentier, en pleine jungle tropicale, comme c'est étrange,* pense Naël.

Dans un ultime effort, nos deux aventuriers finissent leur ascension et se retrouvent au beau milieu d'un espace verdoyant entouré par des arbres gigantesques. On dirait qu'une force tranquille empêche la végétation de pénétrer dans la clairière. C'est un peu comme si un bouclier invisible repoussait les arbustes et les plantes afin de préserver le site.

— Cet endroit est incroyable ! dit Isaé.

— Tu ne crois pas si bien dire. Regarde ! Vois-tu ce que je vois ?

La jeune femme tourne les yeux dans la direction que montre Naël et ne peut s'empêcher de retenir un cri. Ce qu'elle voit est hallucinant.

— Mais non !

— Eh bien si ! Si tu vois ce que je vois, nous venons de découvrir les vestiges d'une civilisation ! annonce fièrement Naël.

Jouxtant la clairière, se dressent deux statues de pierre gigantesques. Toutes deux représentent un visage taillé dans le roc. Les figures immenses semblent jaillir de la jungle, leur tête émergeant de la végétation comme des guetteurs à la recherche d'une proie.

— Ce sont des statues !

— Bien sûr que ce sont des statues !
répète Isaé.

— On dirait qu'elles nous observent.

— N'exagérons rien ! Ce sont des
blocs de pierre !

— Peut-être, mais j'ai le sentiment
d'être observé. Pas toi ?

Isaé reste muette. La vision de ces
visages sculptés dans la roche lui fait
l'effet d'un coup de fouet. C'est un peu
comme si tous ces rêves de découverte
archéologique se concrétisaient.

— On dirait presque qu'elles vont se
mettre à parler.

— La tête de la seconde statue parait
nettement plus haute ! remarque
Naël.

— Oui. Elle doit reposer sur un socle
plus élevé…

— Ou bien avoir un corps…

— Oh !

Isaé n'en revient toujours pas. Elle a
lâché son sac à dos qui git à ses pieds.

La bouche grande ouverte, elle ne voit plus que les statues, comme si la forêt toute entière venait de disparaitre autour d'eux.

— Le vieux Marco avait peut-être raison…

Son compagnon ne répond pas. Mieux vaut ne pas interrompre ce moment de grâce. La jeune femme est subjuguée, comme hypnotisée par cette vision.

— Ils ressemblent à des moaïs, non ?

— Non. Ce ne sont pas des moaïs, affirme Naël.

— Oui. Tu as raison.

— Bien sûr que j'ai raison. Nous nous trouvons au beau milieu de la forêt amazonienne. Donc…

— …Les moaïs sont d'imposantes statues situées sur l'île de Pâques, au large des côtes du Chili. Oui, Je suis au courant !

Le jeune homme acquiesce. Des moaïs si loin de l'île de Pâques, c'est inconcevable.

— Ces deux statues sont forcément les traces d'une civilisation qui a existé. Elles ne sont pas arrivées là par hasard. La pierre est sculptée. Cela ne s'est pas fait tout seul, tente de se convaincre Isaé.

— Peut-être y en a-t-il d'autres...

La remarque de son ami la fait sortir subitement de sa méditation.

— Mais bien sûr ! Il faut qu'on aille explorer les alentours. Ces statues ne peuvent pas être les seules.

La perspective de découvrir de nouveaux visages taillés dans le roc met la jeune femme dans tous ses états. Elle se met à bondir sur place, tantôt levant les bras au ciel, tantôt pointant un doigt sur son front.

— C'est ça ! Oui, c'est exactement ça !
D'autres statues se cachent dans la
jungle. A nous de les trouver !

Sans consulter son compagnon du
regard, elle se saisit de son sac à dos et
le fixe de nouveau sur ses épaules.
Dans son euphorie, elle ne s'aperçoit
pas que la poche extérieure de son sac
s'est ouverte et laisse apparaître le reste
de son sandwich.

— Allons-y ! Il n'y a pas une seconde à
perdre ! ordonne-t-elle.

A sa grande surprise, Naël ne bouge
pas. Il parait s'être statufié comme les
visages de pierre. Isaé l'interroge du
regard. En guise de réponse, il pose
doucement un index sur sa bouche en
signe de silence. Son autre main montre
la cime des arbres. Son amie lève les
yeux et comprend. Ils ont de la visite.

— Cramponne bien ton sac, surtout,
murmure Naël.

Soudain, avant qu'ils n'aient pu
esquisser le moindre geste, une nuée de

petits singes surgissent au-dessus d'eux. Ils se déplacent avec une grande agilité tout en balançant leur queue.

— On dirait des écureuils, murmure Naël.

— Ce sont des saïmiris, explique son amie. Ce sont de petits singes inoffensifs extrêmement adroits et rapides.

— Chapardeurs aussi ?

— Oui. Tiens bien ton sac. Ce qu'ils veulent, c'est nous voler un peu de nourriture.

— Ton sandwich a dû les attirer.

Machinalement, Isaé fouille dans sa poche extérieure de sac afin de vérifier que les restes du sandwich y sont. La seule vue du pain risquerait de les affoler encore plus. Trop tard. La fermeture éclair est restée ouverte. Les singes ont forcément aperçu les restes de pain.

Un second groupe de saïmiris les a rejoints. Ceux-là paraissent nettement plus agressifs.

*Ils me font penser à mon chien quand il n'a pas mangé de la journée,* pense Naël. *Ça craint !*

> — Vite, on court ! crie Isaé, riant malgré la panique.

Les deux amis prennent leurs jambes à leur cou. Ils manquent de glisser plusieurs fois sur le sol mousseux. Les singes sont sur leurs talons. Certains se balancent au-dessus de leurs têtes, d'autres zigzaguent entre les troncs d'arbres et longent la clairière. Ils sont malins. Ils veulent les prendre à contre-sens.

> — Ils sont bien trop rapides ! hurle Naël, haletant.

> — On doit trouver un endroit où se cacher ! répond son amie en cherchant désespérément un abri.

Parvenus à hauteur de la première statue de pierre, ils tentent de se faufiler entre les branchages qui l'entourent. La forêt primaire a littéralement envahie le lieu, ne laissant que peu de place pour passer.

— Là !

Naël désigne une sorte de cavité dissimulée parmi les ronces et les bambous.

— Un repère de serpents, hésite Isaé.

— Peut-être mais c'est un risque à prendre. On n'a guère le choix.

Son compagnon n'hésite pas une seconde. Il lui saisit la main et l'entraîne à sa suite dans la cachette improvisée.

— Dans le ventre de la bête ! hurle-t-il comme un sauvage.

L'instant d'après, à l'abri dans leur grotte, ils entendent la horde de singes les survoler en poussant des petits cris de frustration.

— Ouf ! Il s'en est fallu de peu, souffle Naël, riant nerveusement.

La cavité dans laquelle ils se trouvent est exiguë. Isaé ouvre son sac à dos pour en sortir une lampe torche qu'elle allume aussitôt.

— C'est un trou à rat, plaisante son compagnon.

> — Presque. Je maintiens que c'est plutôt un nid à serpents.

> — Mouais. En attendant, cet endroit nous aura évité le pire.

Isaé éclaire les parois afin de tenter d'apercevoir un quelconque indice. Ni l'un ni l'autre n'ont vraiment l'intention de s'y éterniser mais sortir n'est pas non plus la meilleure solution. Les saïmiris n'ont peut-être pas renoncé à leur butin.

> — Prête-moi ta lampe, s'il te plait.

La jeune femme lui tend la torche. Ils sont très à l'étroit. Naël parvient à peine à se tenir debout. La voute est basse. Il effleure la paroi de sa main. Elle est humide.

> — Ce n'est pas de la roche. On dirait autre chose…

Le faisceau lumineux balaye la cavité qui semble refuser de livrer ses secrets. Soudain, quelque chose retient son attention. La torche déploie de nouveau son rayon de lumière dans la direction opposée. Naël suspend son geste.

— Là-bas !

— Quoi ?

— Au fond, il y a quelque chose.

— Je ne vois rien.

— Attends, je vais m'approcher. Reste où tu es surtout.

La jeune femme ne bouge pas. Recroquevillée, son sac à dos sur les épaules, elle n'a guère de marge de manœuvre. Elle a confiance en son ami qui déjà se contorsionne pour atteindre l'extrémité de la grotte. Iséa prie pour qu'il ne reste pas coincé. Il manquerait plus que ça. Rester bloqué dans ce piège obscur au beau milieu de la jungle, l'horreur, quoi !

— Tu vois quelque chose ?

— Pas encore.

Iséa soupire.

— Si ! J'aperçois une sorte de tunnel !

Naël agite légèrement le faisceau de la torche. De là où elle se trouve, son amie distingue un genre de conduit.

> — Tu n'imagines tout de même pas qu'on va se faufiler là-dedans ? gémit-elle.
>
> — Et si ce tunnel conduisait à une cité perdue ?
>
> — Tu te moques de moi, bien sûr ?
>
> — Mais non. C'est peut-être un passage secret vers une ville souterraine…

Iséa réfléchit un instant. Elle se souvient que Marco lui a parlé de galeries descendant vers le centre de la terre. Ce pouvait-il que ce vulgaire trou à rat soit l'entrée secrète d'un monde souterrain ?

> — Marco a parlé plusieurs fois de gigantesques peintures murales. Il lui a aussi fait part d'une corridor

d'une longueur démesurée, pouvant être aussi grand que l'Amazonie toute entière. C'est du délire.

— Peut-être pas... On peut tenter de le savoir.

Naël marque un temps. Il se ravise.

— Dehors, il va bientôt faire nuit et le conduit est encore plus sombre.

— Alors ? Que proposes-tu ?

— Je suggère que l'on installe nos hamacs et que l'on attende demain matin pour explorer le tunnel.

Isaé a mal aux jambes et la fatigue des derniers jours passés à crapahuter parmi les branchages et les racines finit par la convaincre.

— Entendu ! On ressort !

— Attend !

— Quoi ?

— Les singes !

— Ah oui ! Je les avais presque oubliés ! avoue Isaé.

La jeune femme rampe à reculons et Naël la suit. Prudemment, ils risquent un œil à l'extérieur de la cavité. Le jeune homme tend l'oreille. Pas un bruit. Le crépuscule enveloppe les arbres de son manteau de velours noir. Les saïmiris semblent être partis.

— Allons-y ! ordonne Naël. La voie est libre !

Une fois dehors, il repère les lieux avec la torche. Il fait déjà très sombre. Il lui faut trouver des arbres suffisamment rapprochés pour pouvoir installer et fixer les hamacs.

— Regarde ! Ces deux fromagers seront parfaits ! s'écrie Isaé.

— Oui. Ils feront l'affaire.

Les hamacs tendus et la bâche ajustée au-dessus, ils n'ont plus qu'à se glisser dans leur couchage respectif et zipper la moustiquaire.

*Ce serait dommage de finir dans le ventre de ces petits vampires,* pense la jeune femme.

— Bonne nuit, Naël !

— Toi aussi, Isaé !

Les deux amis ne tardent pas à tomber dans les bras de Morphée. La nuit chaude étend sa caresse sur les aventuriers. En contre-bas, tapis dans l'ombre, seuls deux yeux jaunes les surveillent. Les chants stridents des petites grenouilles siffleuses qui emplissent la nuit masquent ses grognements répétés…

## Chapitre 3

## Saeros

A l'aube, les chants des oiseaux envahissent la canopée. Naël et Isaé se réveillent reposés de leurs efforts la veille.

— En route pour le centre de la terre! annonce la jeune femme en repliant son hamac.

Elle laisse son compagnon pénétrer dans la petite cavité en premier. Rampant précautionneusement à l'aide de ses coudes, sa charge sur le dos, Iséa commence sa progression en direction de son ami. Elle a pris sa décision. Ils doivent tenter de découvrir ce qui se cache au bout de ce couloir obscur. Naël reçoit ça comme un oui et passe devant avec la torche. Le tunnel est étroit mais au fur et à mesure de leur progression, il semble se modifier. La jeune femme a même la sensation que le couloir s'agrandit sur leur passage, comme pour leur permettre d'avancer. C'est absurde. La galerie n'est pas un être vivant. Ou alors, elle est magique. Iséa repousse immédiatement cette idée et continue d'avancer. L'air se raréfie et l'humidité excessive trempe ses vêtements tandis qu'elle ne quitte pas la lumière de la lampe. Se retrouver dans l'obscurité totale serait pire que tout. Iséa sent des gouttes de sueur ruisseler sur ses tempes. Un sentiment de panique l'envahit. Cet espace confiné l'oppresse. Elle entend Naël qui tousse à plusieurs reprises. L'air se raréfie. Ils risquent d'en manquer. Ils doivent absolument sortir d'ici.

— Le couloir se distend, annonce son ami. On dirait que les parois sont en chewing-gum !

La jeune femme réprime un rire nerveux. Enfin, la fin du cauchemar est proche. Elle n'a pas envisagé une aventure souterraine de l'Amazonie. Pour l'heure, elle se sent comme un ver de terre dans un carré de potager.

— Nous y sommes presque, ajouta Naël.

Effectivement, son compagnon n'a pas menti. Très vite, ils peuvent se tenir debout et reprendre un peu leur souffle. L'air est plus respirable. Il fait moins chaud. Isaé sent même une légère brise sur son visage. Ça fait du bien. Le conduit se transforme peu à peu en un large tunnel.

— On dirait qu'il a été creusé dans la roche, dit Naël.

— Mais c'est impossible. On est au beau milieu de la jungle.

— Il n'empêche qu'il n'est pas naturel. Il a été fait de la main de l'homme.

— Oh ! Tu crois ?

— J'en suis sûr, maintient Naël.

Soudain, une forme sombre se détache de la paroi et se précipite en direction d'Isaé. La jeune femme n'a pas le temps de l'esquiver, trop occupée à regarder où elle met les pieds. La chose informe s'agrippe à ses cheveux et commence à pousser des petits cris aigus. Immédiatement, elle se met à crier. L'écho lui renvoie son hurlement. Isaé se débat contre la créature qui s'agrippe désespérément à sa chevelure.

— Ne bouge pas ! C'est une chauve-souris !

Son ami braque le faisceau de la torche sur elle. Isaé cesse de hurler. Elle est tétanisée.

— La lumière va la faire fuir. Ne fais pas un geste sinon elle pourrait te blesser.

Les secondes paraissent une éternité. La jeune femme gémit intérieurement. Une chauve-souris dans ses cheveux. Le comble de l'horreur. Elle n'a jamais envisagé ça, même dans ses pires cauchemars.

— C'est fini. Elle est partie. Tout va bien, la rassure son ami.

Isaé tremble de tous ses membres. Ce n'est pas le meilleur moment de sa vie mais Naël sait qu'elle s'en remettra. Il la serre contre elle pour la réconforter.

— Ça va aller, Isaé.

La jeune femme ose une main dans sa chevelure pour s'assurer que la créature des ténèbres s'est bien envolée. Elle n'est déjà pas très adepte des insectes et des araignées mais les chauves-souris, c'est encore pire.

— Allez, viens ! On poursuit !

Alors qu'ils continuent de progresser dans le long couloir, la sensation de distorsion se confirme. La galerie se met à gondoler de part et d'autre comme si une force invisible poussait les parois. Les deux jeunes gens écarquillent les yeux de stupeur, serrés l'un contre l'autre au centre du couloir afin d'éviter d'être avalés par les murs voraces. Quelques minutes suffisent pour que le sordide tunnel fasse place à une gigantesque caverne souterraine.

— C'est incroyable ! s'exclame Naël.

Isaé, quant à elle, reste bouche bée. Le spectacle est hallucinant.

— Ce n'est pas une simple grotte ! Nous venons d'entrer dans un monde enchanteur !

Des stalactites ressemblant à des pics à glace descendent du plafond, tandis que des stalagmites majestueuses s'élèvent du sol, créant un paysage féerique. Les parois de la grotte sont ornées de diamants et d'émeraudes, qui brillent comme des étoiles dans la pénombre, ajoutant une touche de magie à cet endroit déjà extraordinaire.

— Waouh ! J'hallucine ! dit simplement Naël.

— Mais c'est quoi cet endroit ?

— Je n'en ai pas la moindre idée. Tout ce que je sais c'est que c'est majestueux !

Les deux amis lèvent les yeux en direction de la voûte. Ils restent sans voix. C'est un véritable chef-d'œuvre : elle est tapissée de rubis en forme d'étoiles, qui semblent scintiller et pulser d'une lumière rougeoyante, comme si le ciel nocturne avait été capturé ici, sous terre. En contrebas, une petite rivière d'eau claire ruisselle doucement, créant un murmure apaisant qui résonne dans l'immensité du lieu.

— Isaé ! Tu as vu les parois ! On dirait un atelier d'artiste géant !

Naël est soudain très sensible à l'atmosphère que dégagent les murs. Ils sont ornés de fresques futuristes, représentant des scènes de vie et de nature, mêlant des éléments de technologie avancée et de mythologie ancienne. Ces œuvres d'art vibrent d'une énergie créative, invitant les visiteurs à explorer les histoires qu'elles racontent.

— L'artiste qui a peint ces fresques est un génie ! commente le jeune homme.

Son amie est aussi stupéfaite que lui. Durant toutes ces années d'études archéologiques, on ne lui a jamais montré pareille splendeur.

— Viens voir par ici, Naël !

Elle l'entraine à travers le dédalle de stalagmites, oubliant le poids de son sac à dos. Isaé a soudain l'impression de voler entre les sculptures façonnées par l'eau et le temps.

— Mais c'est impossible…murmure le jeune homme.

Des statues en marbre, finement sculptées, représentent des centaures et des elfes, figés dans des poses gracieuses. Leurs détails délicats et leur expression dynamique semblent presque leur donner vie, ajoutant une dimension supplémentaire à cette grotte déjà phénoménale.

— Si j'avais imaginé une seule seconde que l'on puisse découvrir un endroit pareil, commente Isaé.

— A croire que le vieux Marco ne t'a pas raconté de sornettes.

— Tu sais quoi ? Si mes profs de fac étaient là, je pense qu'ils n'en reviendraient pas. Personne n'a jamais vu un truc pareil !

La beauté naturelle et l'art humain se rencontrent ici même, créant une atmosphère à la fois mystique et inspirante. Les deux jeunes explorateurs en ont conscience et ont du mal à réaliser que tout ceci n'est pas une illusion de leur esprit.

— On ne peut pas s'attarder ici, souffle Naël à l'oreille de son amie. On ne sait pas si cette grotte est sécurisée. Les sculptures et les fresques semblent appartenir à un autre monde…

— Tu as raison. Il ne faut pas rester là. Tout peut s'effondrer d'une seconde à l'autre.

Dans l'obscurité mystérieuse de la galerie, Isaé et Naël avancent prudemment, leurs lampes torches projetant des ombres dansantes sur les parois scintillantes. Les stalactites, comme des dents de géant, pendent au-dessus d'eux, tandis que le sol est parsemé de stalagmites qui semblent surgir du sol comme des sculptures naturelles. Après avoir exploré les recoins de cette antre souterraine aux allures féériques, ils découvrent un passage secret, dissimulé derrière un pan de rocher, qui les attire irrésistiblement.

> — Suis-moi ! ordonne Naël. Reste bien derrière moi. En cas de problème, je te servirai de bouclier.

*Chevaleresque, mon petit Naël,* ne peut s'empêcher de penser la jeune femme.

Le tunnel étroit les conduit à un escalier suspendu, qui semble flotter dans le vide, défiant les lois de la gravité. Alors qu'ils s'engagent sur les marches, un frisson d'excitation les parcourt, mais il est rapidement remplacé par la terreur lorsqu'une créature préhistorique surgit de l'ombre. Moitié serpent, moitié chauve-souris, cette bête massive, semblable à un dragon préhistorique, déploie ses ailes avec un rugissement assourdissant, faisant vibrer l'air autour d'eux.

> — C'est quoi ce monstre? hurle Isaé.

— Je t'ai dit de rester derrière moi.

— Je SUIS derrière toi !

— Alors, restes-y !

La peur rend Naël agressif et son amie n'a aucune intention de le contredire. Elle préfère rester sous la protection d'un dictateur que d'être dévorée par une créature monstrueuse.

Soudain, alors qu'ils n'y sont pas préparés, le monstre ailé attaque. Isaé et Naël, pris de panique, tentent de se défendre avec des pierres, mais la créature est bien plus puissante. Leurs cœurs battent à tout rompre alors qu'ils réalisent qu'ils n'ont d'autre choix que de sauter dans le vide pour échapper à cette menace.

— Donne-moi la main ! ordonne Naël.

A mon signal, on saute !

Isaé est morte de trouille. S'ils plongent dans le vide, ils n'en réchapperont jamais. La grotte fait au moins vingt mètres de hauteur. C'est du suicide. Instinctivement, n'entrevoyant aucune issus, la jeune femme ferme les yeux.

*Adieu la vie ! Je suis foutue !*

Juste au moment où ils s'apprêtent à faire le grand saut, une voix céleste s'élève dans la grotte. On dirait l'écho d'un autre monde. Les stalactites tremblent. Certaines s'effondrent.

Isaé, désespérée, ferme les yeux. Il lui semble apercevoir des statues futuristes qui exécutent une révérence, comme si elles saluaient une présence divine. Un silence d'outre-tombe s'installe. Une silhouette gigantesque surgit, illuminant la grotte d'une lueur douce et apaisante. Moitié elfe, moitié centaure, l'être de lumière est imposant, ses muscles saillants contrastant avec la douceur de son regard. D'un geste majestueux, il somme la créature de cesser son attaque.

La bête se résigne et s'enfuit pour se cacher dans un recoin de la grotte. Il semble qu'elle ait abdiqué.

— Qui ose troubler ma quiétude ? demande l'être de lumière d'une voix qui résonne comme une vocalise ancestrale.

Isaé et Naël, paralysés par la peur, n'osent répondre.

— Je suis Saeros, roi d'Hakhamin ! annonce-t-il.

Sa seule présence impose le respect. Les deux amis sont dans l'incapacité d'articuler quoi que ce soit.

— Et vous ? Qui êtes-vous ? demande le souverain.

Sa voix est empreinte d'une sagesse infinie. Les deux aventuriers oublient soudain leurs craintes. L'apparition leur semble pacifique. Isaé respire soudain beaucoup mieux et Naël relâche ses muscles crispés. La grotte, auparavant menaçante, semble se transformer en un sanctuaire de paix.

# Chapitre 4

## Hakhamin

— Vous parlez notre langue, Majesté ? demande Naël.

— J'ai le pouvoir de toutes les imiter, confie Saeros.

*Pratique,* pense Isaé.

— D'ailleurs, appelez-moi Saeros ! ordonne le roi.

Isaé et Naël l'ont suivi à travers des labyrinthes de salles plus grandes les unes que les autres. L'être de lumière se déplace rapidement et avec aisance. Sa haute stature permet aux deux aventuriers de ne pas le perdre de vue dans ce dédale inconnu.

— Nous y voilà, annonce Saeros.

La grande salle dans laquelle ils viennent d'entrer n'a rien d'exubérant. Elle ressemble au parvis d'une cathédrale abandonnée. L'endroit étant dépourvu de sièges, ils restent debout.

Saeros, roi d'Hakhamin, est une figure imposante et énigmatique, incarnant la lumière et la sagesse au cœur de la cité perdue, enfouie sous le feuillage luxuriant de l'Amazonie. De grande taille, il arbore un corps de centaure, symbole de force et de connexion à la nature, tandis que son visage d'elfe, délicat et harmonieux, dégage une douceur apaisante. Ses yeux, clairs et lumineux, reflètent une profondeur d'âme et une compréhension des épreuves que son peuple endure.

— Je vais vous raconter l'histoire de mon peuple, annonce Saeros.

Isaé et Naël sont tout ouïe. On ne rencontre pas le roi d'une cité perdue tous les jours.

Souverain d'un monde autrefois prospère, Saeros veille sur Hakhamin, désormais principalement souterrain, refuge obligé pour prévenir les menaces qui pèsent sur son peuple. Avec une inépuisable énergie, il se consacre à la protection de ses sujets, mais il sait que les dangers qui les guettent sont redoutables. Alors que Naël l'interrompt pour en apprendre davantage, il exprime son dévouement à l'égard de son peuple bien aimé, tout en révélant l'angoisse qui l'habite face à la perfidie de leurs ennemis.

— Nos adversaires, connus sous le nom de Waleriens, ne sont pas de ce monde, explique Saeros. Venues d'une autre galaxie, ces créatures invisibles possèdent des pouvoirs qui les rendent presque invincibles. Leur capacité à se mouvoir sans être vues, à contrôler tout ce qui les entoure, et à lire dans les pensées des autres, complique toute tentative de stratégie. Leur ubiquité leur permet d'être présents à plusieurs endroits à la fois, rendant la lutte contre eux d'autant plus désespérée.

Le roi semble à bout de souffle. Isaé ressent une empathie débordante envers ce roi dévoué à son peuple. Elle lui en fait part avec franchise. Saeros est touché de sa sollicitude. Il ne s'attendait plus à faire une telle rencontre.

— Je vous remercie de votre intérêt pour la population d'Hakhamin, dit-il humblement.

La jeune femme est troublée par son humilité. Saeros partage alors avec Isaé les inquiétudes qui rongent son peuple. La capacité des Waleriens à prendre l'apparence de n'importe quel habitant d'Hakhamin engendre un climat de méfiance et de suspicion. Les liens qui unissaient autrefois les membres de la communauté se distendent, et la confiance s'effrite, laissant place à l'incertitude et à la peur.

Naël croise un instant le regard compatissant de son amie. Il est indéniable que dans ce contexte troublé, Saeros demeure un phare d'espoir. Ce roi cherche à restaurer la foi de son peuple tout en luttant contre des forces qui semblent insurmontables.

— Suivez-moi mes amis, je vais vous montrer la salle du trône. Vous y serez mieux installés qu'ici, annonce le roi Saeros.

Ils se dévisagent. On dirait bien que le roi les a adoptés. Du moins, pour le moment, il leur fait confiance.

*La confiance de Saeros est un atout majeur,* ne peut s'empêcher de penser Naël.

Le roi les précède. Sa démarche de centaure est impressionnante. En même temps, il a la légèreté d'un elfe et le rayonnement d'un être féérique. Isaé est sous le charme. Elle l'apprécie déjà énormément. En plus d'être humble, il est chaleureux et volontaire.

Lorsque Saeros entrouvre une porte sculptée monumentale et les invite à l'intérieur, les deux aventuriers n'en reviennent pas. Ce qu'ils découvrent derrière est exceptionnel.

La salle du trône du roi Saeros d'Hakhamin est un véritable chef-d'œuvre d'architecture et de beauté, un espace qui respire la grandeur et la sérénité. Les deux jeunes gens sont immédiatement frappés par l'atmosphère mystique qui y règne. Les murs, ornés de mosaïques délicates représentant des scènes de la nature et des légendes anciennes, scintillent sous la douce lumière émise par des cristaux luminescents suspendus au plafond, imitant les étoiles d'un ciel nocturne.

Le sol est recouvert d'un marbre poli aux nuances de vert et d'or, évoquant la richesse de la forêt amazonienne. Des motifs floraux et des symboles ancestraux sont gravés avec soin, ajoutant une touche de magie à cet espace sacré. Au centre de la salle se dresse le trône de Saeros, majestueux et imposant, sculpté dans un bois ancien aux reflets dorés. Le trône est orné de pierres précieuses qui captent la lumière, créant un éclat fascinant.

*C'est impensable,* pense Isaé. *Je n'ai jamais rien vu d'aussi beau.*

Derrière le trône, un grand panneau mural représente un arbre de vie, symbole de la connexion entre le ciel et la terre, et de la prospérité d'Hakhamin. Les racines de l'arbre semblent s'étendre vers le sol, tandis que ses branches s'élèvent vers le plafond, comme pour embrasser l'univers. Des voiles de tissu léger, aux couleurs douces, flottent doucement dans l'air, ajoutant une dimension éthérée à la salle.

*Inouï,* pense Naël à son tour.

Des sièges en arc de cercle sont disposés autour du trône, accueillant vraisemblablement les conseillers et les dignitaires du royaume. Chaque siège est orné de motifs représentant les différentes castres du royaume d'Hakhamin. Ils symbolisent l'unité et la diversité du peuple. Des plantes exotiques, aux feuilles vibrantes et aux fleurs éclatantes, sont disposées avec soin dans des pots en céramique, apportant une touche de vie et de fraîcheur à l'ensemble.

— Votre salle du trône, Majesté, est un vrai bijou d'architecture, confesse Isaé.

Saeros la remercie en s'inclinant légèrement.

La salle du trône est non seulement un lieu de pouvoir, mais aussi un sanctuaire

où Saeros peut se connecter avec son peuple et la nature qui l'entoure. C'est un espace où la puissance et la sérénité se rencontrent. La salle est un reflet de la sagesse et de la force spirituelle du roi, ainsi que de l'héritage d'Hakhamin.

> — C'est avec grand plaisir que nous accepterions de visiter votre cité, Majesté !

Le souverain ne sourcille même pas. La requête d'Isaé ne semble pas le surprendre. Il apprécie déjà ces deux jeunes aventuriers. Son intuition lui dit qu'il peut leur accorder sa confiance.

> — La curiosité n'est pas toujours un vilain défaut, vous savez ! répond-il avec malice.

Isaé et Naël rient de bon cœur. Le roi n'est pas dénué d'humour.

> — Je vous propose de commencer par les salles communes. Qu'en dites-vous ?

Les deux amis ne savent pas trop quoi répondre. L'invitation ne peut être que réjouissante. Isaé sautille déjà sur place en sachant qu'ils vont bientôt entrer dans la cité. Naël l'observe du coin de l'œil et devine à quel point c'est difficile pour elle de contenir son enthousiasme.

— Cache ta joie, murmura-t-il à l'oreille de son amie.

Isaé lui sourit en retour.

— Vous voici devant l'une des salles de notre communauté, annonce Saeros d'un ton impérial.

Naël et Isaé ouvrent grand leurs yeux. Il n'est pas question de manquer le moindre détail. Les salles communes sont spacieuses et accueillantes, avec de grandes fenêtres ouvertes sur la verdure environnante.

*On pourrait presque croire qu'il y a un extérieur derrière les fenêtres,* pense Isaé.

Les murs sont décorés de fresques colorées représentant des scènes de la vie quotidienne, des rituels et des légendes. Des tapis tissés à la main, aux motifs symboliques, recouvrent le sol, offrant un confort chaleureux.

— Les habitants se rassemblent ici pour partager des repas, échanger des histoires et célébrer des événements importants, explique aussitôt Saeros.

— Ces pièces sont vraiment très agréables. On se croirait presque dehors, commente Isaé.

— C'est le but recherché. Je souhaite le meilleur pour mon peuple. Je veux qu'ils oublient que nous vivons sous la terre, vous comprenez?

Saeros a le regard empreint de tristesse en prononçant ces mots. Vivre dans un monde souterrain, être privé de lumière à longueur de temps doit être particulièrement pénible.

— Jeunes gens, je vous emmène visiter les ateliers ! annonce le souverain.

Il veut sans doute rompre avec la mélancolie qui s'installe. Naël saisit l'occasion pour exprimer ses sentiments.

— Pour l'artiste que je suis, c'est un honneur, Majesté !

— Vous êtes artiste ? C'est très intéressant ! Etonnant, même...

Isaé et Naël échangent furtivement un regard surpris. Qu'a voulu dire Saeros ?

— Voici les ateliers...enfin, une petite partie seulement. La cité est immense. Je ne peux pas tout vous montrer en un jour.

— Mais, il n'y a personne ! s'étonne Naël.

Le visage angélique de Saeros s'illumine. On dirait qu'il essaye de donner le change. Isaé a même l'impression qu'il veut masquer quelque chose.

— Les ateliers sont des lieux de création et d'apprentissage. Les artisans, qu'ils soient moitié-elfe, moitié-centaure, moitié-elfe moitié-serpent ou moitié-elfe moitié-chèvre, y travaillent avec passion. Les centaures, avec leur corps puissant, sont excellents dans le travail du bois et de la pierre, tandis que ceux moitié-elfe moitié serpent se spécialisent dans la fabrication de potions et d'objets magiques. Les êtres moitié-elfe, moitié-cheval, quant à eux, sont souvent chargés des plantes médicinales et des herbes.

— Mais où sont les artisans ? Les artistes ? Les sculpteurs ? insiste Naël.

Isaé l'observe. Il parait tellement déçu de ne trouver personne dans des lieux qui lui sont chers.

— Vous le saurez le moment venu, jeune homme ! dit Saeros, énigmatique.

— Vous êtes bien mystérieux, Majesté, se permet d'ajouter Naël.

Le visage elfique de Saeros s'éclaire de nouveau. Assurément, il n'est pas décidé à révéler quoique ce soit pour l'instant. L'expression dans son regard translucide en dit long cependant. Isaé croit de nouveau y apercevoir une lueur sombre.

*Il cache quelque chose,* pense Isaé.

Ils reprennent la visite, devancés par leur étonnant guide. Le souverain les précède, se mouvant avec délicatesse et majesté malgré sa large carrure.

— Voulez-vous voir les salles de jeux réservés aux enfants ?

— Bien sûr, Majesté ! répondent les deux amis à l'unisson.

Saeros ouvre un gigantesque portail décoré de vives couleurs. Isaé à des étincelles dans les yeux.

— Les enfants, véritables joyaux de la cité, sont omniprésents, explique le souverain avec fierté. Ils jouent dans des espaces dédiés, où des structures en bois et en lianes leur permettent de grimper et d'explorer. Regardez autour de vous !

Les deux amis obtempèrent et contemplent chaque recoin de l'espace destiné aux bambins. Ils sont malgré tout intrigués car ici aussi, personne ne pointe le bout de son nez. Ils commencent à se demander si Saeros ne leur dissimule pas volontairement les gens de la cité.

— Ces lieux sont également conçus pour l'apprentissage, avec des livres anciens et des rouleaux de parchemin qui transmettent les connaissances des ancêtres, poursuit leur guide en évitant de croiser leur regard.

*Il sait que l'on soupçonne quelque chose,* se dit Isaé. *Mais que peut-il cacher ?*

— Les enfants apprennent à lire, à écrire et à comprendre les valeurs de leur peuple, tout en s'amusant, conclue-t-il finalement.

Alors qu'ils quittent les salles de jeux des enfants, quelque chose retient leur attention. Au fond du couloir, par une porte laissée entrouverte, ils distinguent des silhouettes vêtus de tissus tous plus colorés les uns que les autres. Naël esquisse un pas dans leur direction. Avec une rapidité déconcertante, Saeros se précipite pour lui barrer la route.

— Vous ne pouvez pas aller par-là, jeune homme.

— Mais pourquoi ?

— C'est une zone protégée, explique maladroitement le souverain.

— Avec tout le respect que je vous dois, Majesté, qu'essayez-vous de dissimuler ?

Saeros, si fier d'ordinaire, semble baisser la garde un court instant. Son regard devient fuyant. Il cherche désespérément une échappatoire. Isaé le sent et tente de s'engouffrer dans la brèche.

— Vous êtes le roi d'Hakhamin ! Nous sommes arrivés là par le plus grand des hasards. Nous ne sommes pas vos ennemis. Nous pouvons peut-être vous aider.

Le masque du souverain fond en un instant. Les paroles de la jeune femme l'ont touché en plein cœur. Ses yeux se remplissent de larmes.

— Suivez-moi et vous comprendrez, dit-il simplement.

D'un geste fraternel, il les invite à le suivre jusque dans la salle du fond, aperçue quelques minutes plus tôt par Naël. A la seconde où les deux amis franchissent le seuil, ils savent que leur vie toute entière va basculer. Le spectacle est indescriptible. Le peuple d'Hakhamin est là, sous leurs yeux, figé pour l'éternité dans des corps sans vie, réduit à de vulgaires mannequins exposés derrière des vitrines ternes et sans reflet.

— Oh ! s'écrie Isaé.

— Mais c'est impossible ! souffle Naël. Saeros suffoque.

— Je ne vous ai pas tout dit…

Il ne parvient même pas à leur fournir une explication sérieuse. Il se contente de leur désigner les centaines de milliers de mannequins accumulés, entassés, prisonniers d'un étau sans vie.

— Il y en a des milliers, dit Naël.

— Plus encore, le corrige Saeros. Des centaines de milliers. Des salles comme celle-ci, vous en trouverez partout dans la cité.

Le roi respire avec difficulté. L'émotion le submerge.

— Mon peuple est là, figé pour l'éternité, parvient-il à articuler. Les Waleriens ont aspiré leur souffle de vie. Ils sont entrés dans leur esprit. Regardez-les ! Ils ne sont plus que de ridicules marionnettes à présent.

Derrière les vitrines, les habitants d'Hakhamin portent des vêtements faits de tissus naturels, souvent teints avec des couleurs vives provenant de plantes locales. Les centaures arborent des tuniques fluides qui laissent libre cours à des mouvements désormais figés pour l'éternité. Quant aux êtres moitié-elfe moitié-serpent, ils portent des robes légères qui épousent leurs formes sinueuses. Ceux moitié-elfe moitié-chèvre ainsi que les moitié-elfe moitié-cheval sont vêtus de vêtements plus confortables pour les sorties en forêt.

Tout en les observant, Isaé se surprend à imaginer leur façon de marcher, gracieuse et fluide, un mélange de puissance et d'élégance, tandis que leur manière de parler est empreinte de douceur et de respect. Elle va jusqu'à les entendre parler un langage riche en métaphores et en poésie, reflétant leur connexion profonde avec la nature et leur culture.

— Où sont les enfants ? Je n'en vois aucun, demande-t-elle soudain.

Les mots de la jeune femme sont comme un coup de poignard dans le cœur du souverain. Il perd soudain toute contenance. Son corps tout entier est secoué de sanglots. La jeunesse éternelle de l'elfe s'est subitement envolée. Saeros semble avoir vieilli de mille ans. Il se lance dans un long monologue que nul ne souhaite interrompre.

— Les enfants sont au cœur de la vie d'Hakhamin. Grâce à leur dynamisme, leur curiosité et leur innocence, ils sont devenus la lumière de la cité. Je suis leur roi et je les chéris plus que ma propre vie. Leur avenir est ma raison d'être, leur confie-t-il. Je souhaite ardemment sauver Hakhamin pour leur offrir un monde où ils pourront grandir en toute sécurité, perpétuant ainsi les valeurs et les traditions de leur peuple. Ils représentent l'espoir et la promesse d'un avenir radieux pour la cité.

Sa voix tremble tellement que la fin de sa phrase devient presque inaudible. Alors que personne ne s'y attend, il met un genou à terre et courbe l'échine en signe de soumission.

— Je ne suis plus rien sans eux, murmure-t-il dans un souffle.

Isaé s'avance doucement vers lui et approche son visage du sien.

— Mais où sont passés les enfants ? demande-t-elle avec force.

Le roi d'Hakhamin relève la tête lentement, tel un supplicié prêt à mourir.

— Ils ne sont plus dans la cité. Les Waleriens les ont enlevés.

# Chapitre 5

## La source des trois lunes

— Dites-nous ce qu'on peut faire pour vous aider, Majesté !

— Il n'y a plus de « Majesté » qui tienne ! Appelez-moi Saeros, je vous en prie.

Tous trois sont revenus dans la salle du trône. Isaé médite dans un coin de l'immense salle, assise sur des coussins de velours rouge. Naël est debout, faisant face au souverain avachi sur son trône.

— Il existe un moyen…

— Mais encore ?

Isaé s'est redressée. Elle est suspendue à ses lèvres.

— L'ayahuasca !

— L'ayahuaquoi ? interroge Naël en grimaçant.

— L'ayahuasca est une plante hallucinogène qui pousse en Amazonie, explique-t-il. Elle est utilisée pour entrer en transe dans un but divinatoire.

— Oh !

— C'est une plante puissante qui est capable de purifier l'âme et le corps ! ajoute le souverain.

— Quel intérêt dans la situation présente ? demande le jeune homme, dubitatif.

Saeros s'éclaircit la gorge. Avec humilité, il se penche légèrement en avant, comme pour leur confier un secret.

> — Cette plante a des vertus de connaissance de soi. Tout individu qui l'absorbe entre en communion avec lui-même et apprend qui il est. Elle a la capacité de révéler la vérité de l'âme.

Les deux jeunes gens froncent les sourcils. Ils ne voient toujours pas le rapport entre l'ayahuasca et les enfants disparus d'Hakhamin.

Saeros se penche davantage dans leur direction. Son regard translucide semble les transpercer jusque dans leurs entrailles.

*On dirait qu'il lit en moi,* pense Isaé.

Comme s'il venait tout juste de percevoir ses pensées, L'elfe-centaure lui sourit.

> — Le pouvoir de l'ayahuasca est littéralement terrifiant sur les Waleriens ! Ils la fuient comme la peste !

Naël tente de rester concentré. Il réfléchit à mille à l'heure. Comment une plante médicinale pourrait avoir un impact sur des entités venues du fin fond de l'univers ? Compte-tenu de leurs capacités télépathiques et de leur don d'ubiquité, le jeune homme ne comprend pas comment un hallucinogène, si puissant soit-il, puisse anéantir une civilisation extra-terrestre.

— L'ayahuasca peut purifier mais aussi détruire, explique Saeros comme s'il avait le don de lire dans les pensées comme les Waleriens.

Naël est perplexe et son amie tout autant. Immédiatement, le souverain le ressent et tente de les convaincre.

— Si les Waleriens entre en contact avec cette plante, ils mourront !

La réponse de Saeros est sans appel. La plante peut être toxique, voire mortelle pour certains.

— S'ils la sentent, la touchent, l'absorbent ou même la voient, elle aura le pouvoir de les anéantir ! insiste Saeros.

— Houlà ! Cette plante est sacrément puissante, alors ! s'exclame Isaé.

— Croyez-moi jeunes gens. Ce n'est rien de le dire, confirme le roi.

Naël, même s'il est un artiste dans l'âme, est plus cartésien que son amie.

*Admettons que cette plante soit la solution miracle, comment va-t-on faire pour la trouver ?*

— Mon ami, murmure Saeros, vous trouverez l'ayahuasca à la source des trois lunes. Elle y pousse en abondance.

Isaé est bouche bée.

*La source des trois lunes ! Un nom magique qui fait rêver et en même temps, tellement angoissant !*

Toujours plus pragmatique, Naël rétorque :

— Vous allez vous rendre à la source ?

— Non, mon ami. Je ne puis quitter les lieux. Même si mon peuple est endormi, je dois veiller sur lui.

— Alors qui ira à la source des trois lunes ?

— Vous, mes amis. Vous !

Isaé a soudain une sensation de vertige. Le souverain d'Hakhamin compte sur eux pour trouver la fameuse plante miracle.

— Nous ne sommes pas de véritables explorateurs. Nous sommes juste des amateurs de découverte et de sensations, se défend la jeune femme.

— Vous ne pouvez pas nous demander une chose pareille, ajoute Naël.

— Et pourquoi donc ?

— Parce que nous n'avons aucun pouvoir ! Comment voulez-vous qu'on agisse face à des entités puissantes comme les Waleriens ?

— En aucun cas, vous ne les croiserez ! Vous avez ma parole de souverain ! Tout ce que vous avez à faire, c'est vous rendre au carrefour des trois lunes, là où se trouve la source. Une fois sur place, vous y cueillerez l'ayahuasca. Quelques brins suffiront.

Les deux amis échangent un regard. Peut-être sont-ils des amateurs, mais ils savent faire preuve de courage lorsqu'il le faut. Saeros a l'air de compter sur eux. Le souverain semble dire la vérité. Il est responsable de son peuple et ne peut en aucun cas les abandonner seuls dans la cité dans leur état végétatif. Isaé adresse un léger signe de tête à son compagnon pour lui confirmer qu'elle est d'accord. Naël lui adresse un clin d'œil en retour.

— C'est entendu, Saeros. Nous irons chercher l'ayahuasca à la source des trois lunes.

Le souverain peine à contenir sa joie.

— Merci mes amis, dit-il dans un souffle.

Au cours de la journée suivante, après une bonne nuit passée dans la cité d'Hakhamin, Saeros leur procure des vivres et des outils nécessaires à leur périple du lendemain dans la jungle amazonienne. Naël est obligé de refuser quelques denrées trop lourdes. Son sac l'est suffisamment. Isaé ne peut guère en porter davantage sur ses frêles épaules.

— Sur votre chemin, vous trouverez des sources d'eau potable, mes amis.

Le jour suivant, après de brefs adieux, les deux amis se mettent en route.

Isaé et Naël ont conscience que le chemin qu'ils vont emprunter à travers l'Amazonie pour se rendre à la source des trois lunes est à la fois enchanteur et périlleux, un véritable voyage au cœur de la nature sauvage. Saeros leur a dit. Ils sont prévenus.

Leur aventure commence à l'orée de la cité d'Hakhamin, où la végétation luxuriante s'étend à perte de vue. Ils s'engagent sur un sentier étroit, bordé de fougères géantes et de fleurs éclatantes, dont les couleurs vives contrastent avec le vert profond des arbres. Le chant des oiseaux exotiques et le murmure des rivières créent une mélodie apaisante qui les accompagne.

Au fur et à mesure qu'ils avancent, le chemin devient plus sinueux, serpentant à travers des troncs d'arbres majestueux. Les rayons du soleil filtrent à travers le feuillage, créant des jeux de lumière sur le sol. Ils doivent parfois escalader des racines noueuses, traverser des zones marécageuses où des grenouilles colorées coassent joyeusement. Isaé, agile et curieuse, s'aventure, de temps à autre, loin du sentier, tandis que Naël, plus prudent, veille à ne pas trop s'éloigner.

Après plusieurs heures de marche, ils atteignent une rivière cristalline, dont les eaux scintillent comme des diamants sous le soleil. Ils décident de faire une pause pour se désaltérer et se rafraîchir.

— Hum ! ça fait du bien ! admet Isaé.

Son ami se contente d'acquiescer de la tête et continue de boire goulument.

En scrutant les profondeurs, ils aperçoivent des poissons aux écailles iridescentes qui dansent dans l'eau. C'est un moment de magie, où ils se sentent en harmonie avec la nature.

— Là ! Encore un autre ! s'écrie la jeune femme.

— C'est fantastique ! Ils viennent nous saluer, avoue Naël en riant aux éclats.

Isaé et Naël commencent à gravir une série de collines douces, couvertes de fleurs sauvages et de buissons parfumés. La montée est exigeante, mais la vue qui s'offre à eux en vaut la peine : un panorama à couper le souffle sur la forêt amazonienne s'étend à perte de vue. Ils s'arrêtent un instant pour admirer le paysage, se promettant de revenir un jour.

— Ça me rappelle notre premier jour au cœur de l'Amazonie, confie Isaé.

En continuant leur route, ils découvrent une clairière mystérieuse, baignée d'une lumière douce et dorée. Au centre, un chêne centenaire aux racines imposantes semble veiller sur cet endroit sacré.

— On dirait que cet arbre est vieux de dix mille ans ! dit Naël.

Tous deux ressentent une énergie particulière, comme si ce chêne était un gardien des secrets de la forêt. Ils prennent un moment pour se recueillir. Isaé se remémore les histoires racontées par les anciens dans les livres qu'elle a lu à la bibliothèque.

Finalement, après plusieurs jours d'exploration, ils s'approchent de la source des trois lunes.

— On devrait arriver bientôt, non ? s'inquiète Isaé. J'ai l'impression d'avoir quitté la cité depuis deux semaines.

La piste, progressivement plus étroite et escarpée, se jalonne de rochers recouverts de mousse et de lianes. Le bruit de l'eau qui s'écoule les guide. L'air devient plus frais, chargé d'une brume légère. Ils savent qu'ils sont proches de leur destination, et l'excitation les pousse à avancer avec détermination.

Lorsqu'Isaé et Naël atteignent enfin la source, ils sont émerveillés par la beauté qui les entoure. Un essaim d'ibis rouges survole la canopée. Devant eux, trois cascades scintillantes descendent des hauteurs, formant un bassin d'eau claire, où la lumière des trois lunes semble se refléter. C'est un lieu de paix et de magie, un sanctuaire où ils espèrent découvrir les mystères qui les attendent.

— C'est prodigieux ! s'exclame Isaé.

— Une pure merveille ! confirme son compagnon.

Ce voyage à travers l'Amazonie est non seulement une quête physique, mais aussi une exploration de leur propre courage et de leur lien avec la nature. Chaque pas les rapproche un peu plus de leur destin et des secrets que recèle la source des trois lunes. Naël jette un rapide coup d'œil à son amie et se rend compte que ses yeux pétillent. La perspective de trouver enfin la plante miraculeuse qui sauvera la cité d'Hakhamin la galvanise.

— C'est magique, dit-elle.

La source des trois lunes est un lieu d'une beauté envoûtante, un sanctuaire naturel où la magie et la sérénité se rencontrent. En s'en approchant, ils ressentent une atmosphère mystique, comme si le temps lui-même ralentissait pour leur permettre d'apprécier chaque détail.

La source est nichée au cœur d'une sorte de petite vallée verdoyante, entourée de collines elles aussi recouvertes d'une végétation luxuriante. Des arbres majestueux, aux troncs épais et aux feuillages denses, forment un écrin protecteur autour de cet endroit sacré. Des fleurs sauvages aux couleurs éclatantes, comme des passiflores écarlates, des orchidées violettes et des hibiscus rose, parsèment le sol, ajoutant une touche de couleur à ce tableau idyllique.

— Regarde, Naël ! Elles sont tellement belles ! Ce sont des oiseaux du paradis, c'est bien ça ?

Isaé désigne un ensemble de fleurs. Leurs longues tiges sont couronnées de pétales aux teintes pourpres et orangées.

— Magnifique ! Mais au fait, sais-tu pourquoi on les appelle comme ça ?

— Je crois savoir. Leurs tiges sont longues comme des pattes d'oiseau et leurs pétales s'ouvrent en forme de tête de volatile, explique Isaé.

— Ces fleurs, on dirait des oiseaux du paradis. Cela explique leur nom.

Au centre de la source, trois chutes d'eau jaillissent des hauteurs, chacune représentant une lune. L'eau, d'une clarté cristalline, tombe en cascades délicates, créant un doux murmure qui se répand doucement dans l'air. Chacune est unique : la première, plus large et majestueuse, déverse un flot puissant tandis que la deuxième, plus fine et légère, semble danser dans l'air. La troisième, plus discrète, s'écoule avec une douceur apaisante. Les gouttes d'eau scintillent à la lumière, créant des arcs-en-ciel éphémères qui ajoutent à la magie du lieu.

— C'est un véritable eldorado, ici ! Ce lieu est absolument magique, dit la jeune femme.

— Perso, je n'ai jamais rien vu de pareil, ajoute Naël.

Au pied des cascades, un bassin naturel se forme, ses eaux d'un bleu profond reflétant le ciel et les arbres environnants. La surface de l'eau est si calme qu'elle devient miroir, capturant la beauté du monde qui l'entoure.

— Je me vois dedans ! s'exclame Isaé en se penchant au-dessus du plan d'eau. C'est juste incroyable !

L'endroit est une oasis de fraîcheur au beau milieu de la chaleur tropicale. Des pierres lisses et polies bordent le bassin, invitant les visiteurs à s'y asseoir et à contempler la splendeur de la nature.

Ce qui rend la source véritablement unique, ce sont les reflets des trois lunes qui semblent flotter au-dessus du bassin.

— Crois-tu que ce soit de vraies lunes ?

— Je ne sais pas, Isaé. Je suis aussi surpris que toi.

Les deux amis restent longtemps à contempler ce spectacle inattendu. Ils ne se rendent pas compte que le temps s'écoule. Finalement, la clarté du jour fait place au crépuscule.

— Il va bientôt faire nuit, prévient Naël. Je pense qu'il nous faut trouver un lieu sûr pour y fixer nos hamacs.

— Et manger un morceau ! s'exclame Isaé. J'ai trop faim ! Pas toi ?

Le ventre du jeune homme gargouille allègrement depuis plusieurs heures déjà. Il ne dirait pas non à un bon repas.

À la tombée de la nuit, lorsque le ciel s'assombrit, les lunes projettent une lumière douce et argentée sur l'eau. Allongés dans leur hamac respectif, les deux jeunes explorateurs sont littéralement sous le charme. Cette lumière crée une ambiance mystique, transformant le paysage en un rêve éveillé. Les ombres dansent sur les rochers et les arbres, et l'air est chargé d'une énergie vibrante.

— C'est mieux qu'un écran géant, murmure Naël.

— Tu as raison. Cet endroit, c'est du délire !

Epuisés par leur longue marche et enivrés par la beauté hallucinante du lieu, ils ne tardent pas à se laisser porter vers le pays des rêves. Chacun sombre dans un sommeil profond.

# Chapitre 6

## L'ayahuasca

A leur réveil, l'air est empli de sons particulièrement apaisants : le murmure de l'eau, le chant des oiseaux exotiques et le bruissement des feuilles au gré du vent. Les parfums des fleurs et des plantes environnantes se mêlent, créant une fragrance enivrante qui évoque la fraîcheur de la nature. C'est un lieu où tous les sens sont en éveil, où chaque élément contribue à une expérience sensorielle inoubliable.

— La source des trois lunes est bien plus qu'un simple paysage, tu sais, Naël. Je pense que c'est un lieu de connexion profonde avec la nature et les ancêtres.

— Avant que nous quittions Hakhamin, Saeros m'a confié que les habitants de sa cité croient que cette source détient des pouvoirs mystiques, capable de révéler des vérités cachées et d'apporter sagesse et clarté à ceux qui s'y rendent avec un cœur pur, avoue le jeune homme.

— En tous cas, pour nous, cet endroit représente une étape cruciale de notre voyage. Nous n'allons pas tarder à découvrir où se cache l'ayahuasca.

Son ami n'a pas vraiment envie de penser à cette plante hallucinogène pour le moment. Il veut encore prendre quelques instants pour s'imprégner des lieux. Ensuite, il sera trop tard car ils devront rentrer. La source des trois lunes est un véritable trésor de la nature, un sanctuaire où la beauté, la magie et la sagesse se rencontrent, offrant à ceux qui s'y aventurent une expérience inoubliable. Naël prend conscience que ce lieu restera à jamais gravé dans sa mémoire.

— Veux-tu que je te lise un truc ? demande Isaé.

— De quoi parles-tu ?

— J'ai apporté un bouquin !

— Quoi ?

— C'est un livre très spécial que m'a confié Saeros avant de partir, explique la jeune femme.

— Tiens donc !

Isaé fouille dans son sac à dos pour en retirer un petit livre relié par une couverture de cuir rouge.

— Tadam ! s'écrie-t-elle fièrement.

— Vas-y ! C'est quoi ce livre ?

Elle l'ouvre avec précaution à la première page. Ses yeux pétillent de malice dans la douce lumière.

— Ecoute ça ! L'ayahuasca est une plante sacrée aux vertus purifiantes, profondément ancrée dans les traditions spirituelles et médicinales des peuples autochtones d'Amazonie...

— Continue !

— L'ayahuasca est constituée de deux plantes, une liane et une sorte de plante feuillue. L'ensemble peut atteindre plusieurs mètres de long. La plante est reconnaissable à sa texture rugueuse et à sa couleur brunâtre. Elle s'enroule autour des troncs d'arbres, s'accrochant à la vie qui l'entoure. Les feuilles de psychotria viridis (Iséa hésite), quant à elles, sont brillantes et vert foncé, avec une forme ovale et une odeur douce.

— C'est une véritable encyclopédie, ton bouquin, se plaint Naël.

— Attend un peu ! Là, ça devient intéressant. La plante est souvent utilisée au cours de rituels chamaniques du fait de ses effets psychotropes puissants. Lorsqu'elle est préparée sous forme d'infusion, elle est réputée pour induire des états des états de conscience modifiés. Cela permettrait aux participants d'explorer leur esprit et de se connecter à des dimensions spirituelles. Les chamanes croient que cette plante a le pouvoir de purifier le corps et l'esprit. Ils pensent qu'elle peut éliminer les énergies négatives et favoriser la guérison émotionnelle.

— Carrément ! C'est impressionnant !

Isaé referme le livre et il retourne tenir compagnie à ses vêtements roulés en boule au fond de son sac.

— Tu vois, Naël ! Pour les peuples autochtones, l'ayahuasca n'est pas seulement une plante médicinale, mais un élément sacré de leur culture et de leur spiritualité.

Le jeune homme reste muet. Il espère surtout pouvoir rapidement trouver cette plante miraculeuse afin de pouvoir la rapporter à Saeros pour qu'il sauve son peuple.

Naël étire ses muscles engourdis et commence à replier son hamac.

— Allez ! On se bouge d'ici !

— Ok, chef ! répond Isaé en riant.

Ils passent ensuite plusieurs heures à ratisser les abords de la source. Les trois lunes semblent les surveiller depuis leur piédestal.

— Ça y est ! Je crois bien que j'ai trouvé !

Isaé désigne un entrelacement de lianes et de feuilles qui ressemblent fortement à la description.

— Génial ! Je prélève quelques pousses et on fiche le camp d'ici ! dit Naël sans hésiter.

A la seconde où il se penche pour en cueillir, des voix d'outre-tombe s'élèvent autour de la source. Il se fige. Isaé fait de même.

— L'ayahuasca ne quittera pas la source des trois lunes !

*Zut ! Les créatures fantastiques ! Saeros nous avait prévenus !* se dit Isaé.

Tous deux font volte-face et se retrouvent presque nez-à-nez avec des êtres étranges.

— Qui êtes-vous ? demandent-elles

— Nous sommes Iséa et Naël.

— Et vous ? Ose demander le jeune homme.

— Nous sommes les Sylphides de la lune.

Les créatures célestes ressemblent à des fées, avec des ailes translucides qui scintillent comme des étoiles. Leur peau est d'un bleu argenté, et leurs yeux brillent d'une lumière douce. Les deux amis comprennent que les Sylphides sont les protectrices des plantes sacrées, et qu'elles utilisent leur magie pour dissuader les intrus. Elles peuvent créer des illusions pour désorienter ceux qui s'approchent de l'ayahuasca, leur faisant croire qu'ils se trouvent dans un autre endroit ou qu'ils sont perdus dans la forêt.

— Nous sommes venus chercher l'ayahuasca, explique Isaé.

— Nous regrettons. Vous n'irez nulle part avec cette plante. Elle est sacrée !

La végétation s'agite derrière les sylphides qui ne tardent pas à être rejointes par des humanoïdes faits de lianes et de racines, arborant des visages sculptés dans l'écorce des arbres.

— Nous sommes les Gardiens de la liane, annoncent-ils à l'unisson d'une voix caverneuse.

Ils sont robustes et imposants, dotés d'une force incroyable. Les Gardiens de la liane sont, eux aussi, les protecteurs de l'ayahuasca, et ils peuvent se fondre dans leur environnement, rendant leur présence pratiquement imperceptible. Lorsqu'ils se révèlent, leur voix résonne comme le craquement des branches, et ils peuvent provoquer des tremblements de terre mineurs pour intimider les intrus.

Les feuillages bougent de nouveau, s'ouvrant sur des individus moitié-animal moitié-humain.

— Nous sommes les Esprits des animaux ! Nous aussi protégeons la plante sacrée !

Les deux amis découvrent des jaguars aux yeux luminescents, des serpents aux écailles scintillantes et des oiseaux aux plumages éclatants.

— Qui êtes-vous ? demande Naël.

— Des esprits, explique le jaguar. Nous agissons comme des sentinelles, surveillant les environs et alertant les autres créatures de la présence d'intrus.

— On ne vous a pas entendu arriver, murmure Isaé.

— Nous sommes très silencieux et communiquons entre nous par des chants mélodieux qui se mêlent aux bruits de la jungle.

Tandis que les Gardiens de la liane et les Sylphides de la lune se saluent mutuellement, les deux amis repèrent un étrange manège près du bassin.

— Jette un œil par là-bas, murmure Isaé à l'oreille de son ami. On dirait bien que nous avons encore de la visite.

— Oui, la source des trois lunes attire de nombreuses créatures. Aurions-nous franchi les limites d'un monde parallèle ? s'interroge Naël.

Juste à côté du plan d'eau, au pied des cascades, des créatures singulières évoluent avec volupté sous le regard des trois lunes.

— Ce sont les Nymphes des eaux, explique l'une des Sylphides de la lune. Elles dansent gracieusement sur la surface de l'eau. C'est leur manière de rendre hommage aux trois lunes de la source.

Isaé les observe avec admiration et envie. Elles ont des cheveux longs et fluides, semblables à des algues, et leur peau est d'un vert translucide.

— Les Nymphes aquatiques peuvent contrôler l'eau. Elles créent des vagues et des tourbillons pour protéger l'ayaluasca, révèle le puissant jaguar. Leur chant envoûtant peut également apaiser les cœurs, mais ceux qui s'y laissent prendre risquent de perdre leur volonté.

*Charmant,* pense Isaé. *Ces créatures sont déterminées à protéger la plante sacrée.*

— Chut ! Taisez-vous ! commande l'un des Gardiens de la liane en se penchant vers elle.

— Mais je n'ai pas dit un mot ! se plaint-elle.

Naël comprend immédiatement.

— Isaé, je crois bien qu'ils lisent dans nos pensées, en lui faisant un petit clin d'œil.

— Ça suffit ! insiste le même gardien. Voici les ombres de nos ancêtres !

Des silhouettes célestes, représentant les ancêtres des peuples autochtones, errent autour de la source. Les créatures vaporeuses sont enveloppées d'une lumière douce et dorée. Isaé constate qu'elles portent des ornements traditionnels. Ce sont sans doute des bijoux que portaient les gens de leur tribu.

— Elles sont les Ombres de nos ancêtres, explique l'une des sylphides de la lune. Elles veillent sur l'ayahuasca avec sagesse et bienveillance.

Le Gardien de la liane marque une pause, comme pour apprécier la portée de ses paroles.

— Cependant, elles n'hésiteront pas à défendre ce lieu sacré contre ceux qui ne respectent pas la nature.

Les deux amis se sentent soudain visés.

— Nous avons un profond respect pour la nature, assurent-ils à l'unisson.

Toutes les créatures se tournent dans leur direction.

— Je crois bien que nous avons toute leur attention, murmure Isaé.

— Bravo, on marque un point ! se réjouit son ami.

Naël ne veut pas en rester là. Il tient à leur faire comprendre que leur démarche est pacifique et honnête.

> — Nous sommes très honorés de vous rencontrer tous. C'est à la fois une épreuve pour nous et l'opportunité d'apprendre le respect. Et surtout de mieux comprendre la nature, avoue le jeune homme. Nous ne sommes pas vos ennemis. Nous sommes venus en paix.

> — Oui, en paix ! renchérit Isaé. Nous voulons gagner votre confiance.

Un phénomène assez curieux survient alors. Les Sylphides de la lune, les Gardiens de la liane, les Esprits des animaux ainsi que les Nymphes des eaux s'avancent vers les deux aventuriers, formant rapidement un cercle autour d'eux. C'est un peu comme s'ils constituaient, à eux tous, un seul et même être. Une sorte de fluide se propage de l'un à l'autre, leurs yeux translucides explosent de mille étincelles et leurs corps ondulent au gré d'une musique inaudible. Nul ne se touche mais ils sont tous connectés à une même pensée.

Lorsque leurs regards se croisent, Isaé et Naël comprennent immédiatement ce qui est en train de se passer. Les créatures de la source des trois lunes accèdent à leurs pensées. Ils s'immiscent dans leurs souvenirs sans aucune pudeur et fouillent leur esprit sans ménagement. Les deux amis ne ressentent rien sinon de l'impuissance face à la puissance mentale de ces êtres incroyables. La séance semble durer une éternité alors que seulement quelques secondes s'écoulent. Naël ne peut s'empêcher, à cet instant, de les comparer à de gigantesques sangsues aspirant leur énergie et leur intimité. Pourtant, il ne bronche pas. S'il faut en passer par là pour aider le peuple d'Hakhamin, alors il fera le sacrifice. L'une des Sylphides doit percevoir ses réflexions car Naël détecte un sourire furtif sur son visage lumineux. Ou bien peut-être s'est-il trompé. La situation est tellement inhabituelle et embarrassante.

Au moment où ils s'y attendent le moins, tout s'arrête. Le cercle qu'ils avaient formé autour des jeunes gens se défait et tous se dispersent autour du bassin. Les Nymphes des eaux replongent dans le liquide limpide et oublient leur présence. Les Gardiens de la liane s'éloignent dans la forêt tandis que les ombres des ancêtres et les esprits des animaux s'évaporent dans la végétation. Seules les Sylphides de la lune demeurent non loin d'Isaé et Naël.

— Nous avons vu, dit l'une d'elle.

Les deux amis n'osent pas parler. Ils attendent qu'elle en dise davantage.

— Nous savons... continue-t-elle de sa voix limpide.

Les autres Sylphides se rapprochent et l'entourent. Elles n'ont pas besoin de se regarder pour se comprendre. Il semble qu'elles utilisent une forme de télépathie entre elles.

> — Le conseil a décidé. En paix vous êtes venus, en paix vous repartirez. Nous allons vous donner ce que vous êtes venus chercher…

Isaé et Naël ont presque envie de sauter de joie. Naël aimerait parler mais d'un simple coup de coude discret, Isaé lui impose le silence.

> — …A une seule condition, annonce solennellement la Sylphide de la lune.

Les deux amis sont suspendus à ses lèvres translucides. Que va-t-elle leur demander ?

*J'espère qu'elle ne va pas nous demander la lune,* pense Naël avec humour.

> — Vous ne devez jamais revenir ici, sous aucun prétexte ! C'est non négociable ! Pour quelque raison que ce soit, si vous revenez, vous ne serez pas les bienvenus. Nous

devons préserver l'harmonie de la source des trois lunes. C'est notre destinée !

Le soir venu, la Sylphide leur confie un écrin scellé qui renferme probablement la précieuse ayahuasca.

— Vous pouvez dormir ici cette nuit. Vous repartirez à l'aube. N'ayez crainte ! Nous vous protégerons. Le roi d'Hakhamin nous a parlé.

La sylphide s'éloigne de quelques pas, puis revient vers eux.

— Les Waleriens n'ont qu'à bien se tenir, leur souffle-t-elle non sans malice.

Iséa et Naël échangent un regard complice. Ils vont bientôt rentrer et retrouver Saeros dans la cité oubliée.

## Chapitre 7

## Elendur


Le lendemain à l'aube, Isaé et Naël se tiennent au bord de la source des trois lunes, le cœur lourd de mélancolie. Les créatures protectrices aux formes vaporeuses les entourent. Leurs yeux brillants reflètent la lumière argentée de la lune.

— Nous vous remercions pour votre aide, dit Isaé, sa voix tremblante d'émotion. Sans vous, nous n'aurions jamais pu obtenir l'ayahuasca.

Naël hocha la tête, ajoutant :

— Sans faute, nous la ramènerons à Hakhamin, afin qu'elle y soit en sécurité.

Les créatures inclinent la tête en signe d'approbation, puis, lentement, elles s'évanouissent dans la brume matinale. Isaé et Naël prennent alors le chemin du retour, le cœur empli d'espoir et d'appréhension.

—Nous voilà de nouveau seuls dans la forêt, dit Isaé.

— N'oublie pas que je suis là pour te protéger, répond Naël en lui faisant un clin d'œil.

Le trajet du retour leur semble plus facile qu'à l'aller. Cependant, au fur et à mesure qu'ils avancent, le sentier parait se transformer. Les arbres, auparavant familiers, prennent des formes étranges, et les sons de la forêt retentissent d'une manière inquiétante.

— Ce n'est pas le même chemin que celui de l'aller, murmura Naël, scrutant les alentours. Tu ne trouves pas ?

— Oui, c'est bizarre, répondit Isaé, en fouillant dans son sac. Attends, où est ma boussole ?

Elle fouille frénétiquement, mais l'objet a disparu. La panique commence à s'installer.

— Naël, je ne la trouve pas ! Comment allons-nous nous repérer maintenant ? Les téléphones sont inutilisables puisqu'il n'y a aucun réseau.

— Restons calmes, suggère son ami en essayant de garder son sang-froid. Continuons d'avancer avec prudence. On ne peut pas rester ici, de toute manière.

La nuit tombe rapidement, et les bruits de la forêt se font plus menaçants. Les deux amis décident de grimper dans un arbre géant pour se protéger des prédateurs nocturnes.

— Tu as vu ! C'est un fromager, explique Isaé. Il y en a un encore bien plus grand à Saül, en Guyane.

— Celui-ci est déjà particulièrement imposant! commente son ami.

Une fois en haut, ils se positionnent sur une large branche et tente de s'y installer du mieux qu'ils peuvent. Suspendu à une branche juste au-dessus d'eux, un paresseux se repose.

— Tu sais qu'on l'appelle le « dormeur d'Amazonie », explique Naël d'un air amusé.

L'obscurité est déjà presque totale. Les milliers de grenouilles microscopiques entonnent leur chant strident. La jungle nocturne s'éveille.

— J'espère que nous serons en sécurité ici, murmure Isaé, en regardant les ombres danser en bas.

— Nous le serons, assure Naël, bien qu'il n'en soit pas totalement convaincu.

Le lendemain matin, alors que les premiers rayons du soleil percent à travers le feuillage, un bruit étrange les réveille. En se penchant pour voir, ils aperçoivent un personnage gigantesque au pied de l'arbre. Il a des cheveux blancs comme la neige, une longue barbe et tient un sceptre argenté.

— Qui êtes-vous ? crie Naël depuis son perchoir improvisé.

Le jeune homme n'est pas très rassuré. A califourchon sur leur branche, tous deux se sentent à la fois protégés et pris au piège. En effet, en cas de danger, il leur serait difficile de fuir vers le haut. L'inconnu, pieds nus et sans bagage, répond d'une voix profonde :

— Je suis le Gardien de la forêt. Je parcours l'Amazonie à la recherche d'une paix spirituelle.

Isaé et Naël échangent un regard surpris.

— Quel est votre nom, étranger ? demande Naël.

— Je suis Elendur.

— C'est un nom étrange.

— C'est pourtant le mien. Il signifie serviteur des étoiles. Et vous ? Qui êtes-vous ?

— Je suis Naël et voici mon amie Isaé, répond-il en désignant la jeune femme en équilibre un peu plus haut sur la branche.

— Nous retournons à Hakhamin, ajoute Isaé.

— Vous connaissez donc le roi Saeros ? Grand bien vous fasse, jeunes gens. C'est un être bon et humble malgré son statut.

En disant ces mots, le vieil homme se tourne et commence à s'éloigner.

— Non ! Attendez ! Ne partez pas !

Sans même se consulter, les deux aventuriers décident de faire confiance à cet inconnu. Ils attrapent leur sac à dos et commencent leur descente.

— Regardez où vous mettez les pieds, jeunes gens ! lance Elendur.

En atteignant le sol, les deux amis constatent qu'Elendur est un vieil homme très imposant. Sa longue barbe blanche et soyeuse descend jusqu'à sa poitrine. Ses cheveux, également très longs et d'un blanc éclatant, tombent en cascades autour de son visage, lui donnant un air à la fois sage et mystérieux. Il est vêtu d'une simple robe blanche, qui flotte autour de lui avec une grâce céleste. Elle est ornée de motifs délicats représentant des étoiles et des éléments de la nature. Dans sa main, il tient un sceptre argenté, finement ciselé, qui semble capter la lumière de la lune et des étoiles. Ce sceptre, symbole de son autorité et de sa connexion avec la forêt, semble servir à canaliser sa magie.

— Je vous remercie d'être descendus à ma rencontre, confesse-t-il en exécutant une sorte de révérence.

Sans plus attendre, Elendur se présente comme le gardien de la forêt, veillant sur la faune et la flore, et protégeant ce sanctuaire des dangers extérieurs. Son regard, à la fois perçant et bienveillant, témoigne de sa profonde sagesse.

— Nous sommes très heureux de faire votre connaissance.

Il a des allures de mage. Tout chez lui inspire le respect.

— Ainsi, vous connaissez Saeros, commence Elendur.

— Oui, nous l'avons rencontré il y a quelques semaines déjà.

Naël entreprend de lui raconter les multiples péripéties qui les ont conduits à la cité perdue. Elendur écoute avec un grand intérêt.

— Pourquoi avez-vous quitté la cité ?

— Eh bien, Saeros nous a envoyé en mission spéciale, explique Isaé.

— Voyez-vous ça ! Deux jeunes aventuriers au milieu de la jungle investis d'une mission par le souverain d'Hakhamin ! Je suis réellement impressionné !

Isaé ne parvient pas à savoir s'il plaisante ou pas. Toujours est-il qu'il parait bienveillant et attentionné. Une grande bonté se dégage de ce vieillard.

— Saeros a besoin de nous ! insiste Naël.

— Eh bien les amis. Vous devez être des êtres purs pour que le roi d'Hakhamin vous fasse confiance !

Les deux amis savent qu'ils n'ont rien à lui prouver mais ils ont le sentiment qu'il ne les prend pas trop au sérieux.

— Nous arrivons de la source des trois lunes…

— Ah !

— Nous y avons rencontré les Sylphides et les Nymphes des Eaux…

— Oh !

— Et d'autres créatures célestes…

— Hum…

— Nous avons pu récupérer l'ayahuasca ! annonce fièrement Isaé.

— Mais non ! Vous n'avez pas fait ça ?

— Mais si ! Nous l'avons fait !

C'est au tour d'Isaé de lui raconter ce qui s'est passé à la source. Le mage est toute ouïe. Il se montre d'une patience à toute épreuve. Son regard translucide transperce l'âme de la jeune femme tandis qu'elle décrit leurs échanges avec les créatures célestes.

— L'ayahuasca a le pouvoir d'anéantir les Waleriens, finit-elle par dire.

Le vieil homme tressaillit. Son regard si doux se durcit soudain.

— Vous devez faire très attention !
Les Waleriens, ennemis de la cité
d'Hakhamin, sont tout puissants et
dangereux.

— Mais que devons-nous faire ?

— Écoutez mes conseils, dit Elendur.
Restez sur vos gardes. Il est trop
tard pour faire machine arrière. La
plante sacrée est en votre
possession. Vous n'avez plus
d'autre choix que de poursuivre
votre quête.

— Comment éviter les Waleriens
puisqu'ils sont invisibles ? implore
Isaé.

Le sage étend alors ses bras et lève
son sceptre argenté vers les cieux en
marmonnant des incantations. Il entre
dans une sorte de transe tandis qu'une
lumière incandescente venue de là-haut
l'inonde. Lorsque la lévitation cesse, ses
yeux transparents ont retrouvé leur
douceur.

— La forêt protège toutes les créatures vivantes, mais elle peut aussi être un piège. Suivez le chant des oiseaux, ils vous guideront.

Isaé et Naël lèvent la tête dans la direction qu'indique Elendur. Dans la chaleur moite de la jungle amazonienne, un spectacle enchanteur se déroule au-dessus des cimes des arbres. Les oiseaux du paradis, avec leurs plumages éclatants et leurs danses aériennes, s'élèvent en un ballet gracieux. Leurs couleurs vives, allant du bleu azur au rouge flamboyant, scintillent sous les rayons du soleil filtrés par le feuillage dense. Leurs chants mélodieux emplissent la canopée, attirant d'autant plus l'attention des deux amis explorateurs.

— Waouh ! Enorme ! s'écrie Naël.

Les oiseaux, envoûtants et mystérieux, semblent danser dans les airs, formant des motifs complexes qui dessinent une direction précise. Isaé, fascinée par leur beauté, se tourne vers Naël, ses yeux pétillants d'excitation.

— Regarde ! Ils nous montrent le chemin ! annonce-t-elle en désignant la nuée d'oiseaux qui s'éloigne en direction d'une lueur dorée au loin, à travers la verdure luxuriante.

Naël, tout aussi captivé, acquiesce avec enthousiasme.

— Allons-y ! dit-il, son cœur battant à l'unisson avec l'énergie vibrante de la jungle. Ensemble, ils s'engagent sur le sentier que les oiseaux semblent indiquer. Leurs pas déposent des empreintes légères sur le sol tapissé de feuilles.

Non loin de là, Elendur, le mage céleste, observe la scène avec une sagesse tranquille. Ses yeux, d'un bleu translucide comme le ciel, suivent les mouvements des oiseaux avec une attention bienveillante. Gardien de la forêt et serviteur des étoiles, il sait que ces créatures sont les messagers des ancêtres, guidant les âmes courageuses vers leur destin. Un léger sourire se dessine sur ses lèvres, alors qu'il murmure une bénédiction pour Isaé et Naël, espérant qu'ils trouveront la cité d'Hakhamin, un lieu de mystères et de sagesse où les attend le bon roi Sareos.

Les oiseaux continuent leur vol, leurs plumes chatoyantes illuminant le ciel, tandis que la jungle, vibrante de vie, semble retenir son souffle, attendant avec impatience le dénouement de cette aventure.

## Chapitre 8

## Les larmes de l'univers

Naël et Isaé avancent à travers l'Amazonie, captivés par le vol des oiseaux du paradis qui les guident. Après plus de dix heures de marche, ils s'aperçoivent qu'ils ne reconnaissent toujours pas le sentier qu'ils ont emprunté à l'aller. Désorientés, ils se laissent submerger par l'angoisse. Isaé se met à pleurer. Naël, inquiet, scrute les alentours, cherchant des repères familiers.

Alors qu'ils continuent de suivre les oiseaux envoyés par Elindur, ils découvrent un bouquet de bambous géants qui se déploient en corolle, tels des plumes de paons. Ces végétaux prennent la forme d'une figure ancestrale qui semble s'animer à leur passage. Les végétaux semblent habités par une présence mystérieuse. Naël, qui a toujours eu le sens de l'orientation, réalise avec certitude qu'ils ont déjà traversé cet endroit auparavant.

Après en avoir discuté, ils se mettent d'accord.

— On tourne en rond ! constate tristement Naël.

Cette prise de conscience les plonge dans une réflexion sur leur situation, mais ils savent qu'ils doivent garder espoir et continuer à avancer, guidés par la beauté des oiseaux et la force de leur amitié.

Soudain, la végétation toute entière s'agite sans raison. Il n'y a pas le moindre souffle de vent.

Isaé et Naël progressent prudemment dans la forêt. Le ciel s'assombrit, et une ombre plane sur les cimes des arbres.

— Qu'est-ce qui se passe ? demande Naël, inquiet. On dirait que la forêt devient plus sombre.

— Oui, c'est étrange… répond Isaé, en scrutant les alentours. Écoute ! On dirait le bruit d'un sifflet.

Le sifflement se transforme peu à peu en une mélodie envoûtante, comme celle d'une flûte de pan. Les deux amis échangent des regards perplexes.

— Entends-tu cette musique ? Elle me fiche la trouille.

— A moi aussi, avoue Isaé. On devrait peut-être essayer de savoir d'où ça provient.

— Et si c'était un piège ? murmure Naël, en frissonnant. Ça pourrait être les Waleriens. Rappelle-toi. Le vieux mage nous a mis en garde.

Alors qu'ils hésitent, une lumière éclatante jaillit devant eux. Une créature céleste, aux ailes scintillantes, se matérialise dans l'air.

— Ne craignez rien, dit-elle d'une voix douce. Je suis Oromë.

Isaé, fascinée, s'avance.

— Oromë ? Qui es-tu ?

— Je suis la fille d'un grand sorcier de la forêt, répond la créature avec un sourire. Ma mère est un oiseau enchanté. C'est grâce à elle que je possède ces dons pour la musique. On me nomme la Musicienne.

— C'est incroyable ! s'exclame Isaé. Pourquoi joues-tu cette mélodie ?

— Je joue pour apaiser les âmes perdues de la forêt, explique Oromë. La musique a le pouvoir de rassembler et de guérir.

Naël, un peu plus rassuré, finit par demander :

— Peux-tu m'expliquer pourquoi le ciel s'est assombri lorsque tu es apparue ?

— C'est un signe que la magie de la forêt s'éveille, répond Oromë. Grâce à mon père, je peux entrer en communion avec les éléments. Vous êtes ici au bon moment.

Isaé et Naël échangent un regard émerveillé, oubliant leurs craintes devant la beauté de cette rencontre.

Alors que les deux amis sont à peine remis de leurs émotions, une sorte de nébuleuse se dessine au-dessus d'eux. Des vibrations retentissent sous leurs pieds, comme l'écho lointain d'un tambour battant. La terre se met à trembler. Isaé, terrifiée, cherche des yeux Oromë mais elle s'est évanouie dans la brume épaisse qui les entoure.

— Où est-elle passée? murmure-t-elle, l'angoisse serrant sa gorge.

Naël, à ses côtés, scrute l'horizon, mais tout ce qu'il voit, c'est un vide inquiétant.

— Nous sommes seuls, répond-il finalement, sa voix tremblante trahissant son inquiétude.

Isaé hoche la tête, terriblement angoissée. La terre cesse de bouger, et instinctivement, ils lèvent la tête.

— Il pleut... commence Naël, mais il s'interrompt, abasourdi. Il pleut des enfants ! s'écrie-t-il, les yeux écarquillés.

Isaé, d'abord incrédule, constate que son ami dit la vérité.

Des milliers enfants tombent du ciel, flottant comme des plumes dans le vent. Ils n'ont pas de visage. Ils sont translucides comme des ombres, et certains ressemblent à des anges sans ailes. Isaé les observe de plus près, fascinée et horrifiée à la fois. Les enfants sont emprisonnés dans des gouttes d'eau, leurs corps délicats se balançant doucement à l'intérieur.

— Naël, regarde ! s'exclame-t-elle, pointant du doigt une goutte qui scintille au soleil. Ils... ils sont pris au piège !

Le jeune homme fronce les sourcils, son regard se perd dans l'infini.

— Que pouvons-nous faire pour les aider ? demande-t-il, l'inquiétude se lisant sur son visage.

Isaé s'approche d'une des gouttes. Elle ferme les yeux et tente de rentrer en contact avec l'un d'entre eux. Les enfants ne peuvent parler, mais elle peut entendre leurs mots dans sa tête, doux et mélancoliques.

— Nous sommes les larmes de l'univers, disent-ils en chœur, leur voix résonnant comme un chant céleste lointain.

Isaé frissonne, réalisant l'ampleur de ce qu'ils vivent.

— Je me sens tellement impuissante, murmure-t-elle.

— Écoute notre douleur, répondent-ils d'une même voix.

Dans ce moment suspendu, Isaé comprend qu'elle doit trouver un moyen de libérer ces âmes perdues pour les ramener à la lumière.

Isaé et Naël se tiennent au bord d'un océan de larmes scintillantes, leurs cœurs lourds de préoccupation. Les larmes, d'un bleu translucide, s'étendent à perte de vue, créant une atmosphère à la fois belle et tragique. Les enfants, prisonniers de cette mer de chagrin, semblent pleurer la cruauté, la douleur et la violence qui régissent le monde.

— Il nous faut agir ! décide Isaé, son regard perdu dans l'immensité des larmes.

Naël, les sourcils froncés, répond :

— Nous devons les libérer. Mais comment ?

Soudain, une lumière éclatante émerge des larmes, et une créature céleste apparaît. Elle est d'une beauté à couper le souffle. Ses cheveux, d'un bleu azur, flottent autour d'elle comme des vagues de mer. Son corps, semblable à celui d'une sylphide, est délicat et gracieux. Son visage est parfait, avec des traits fins et harmonieux, et ses yeux clairs brillent d'une sagesse infinie. Ses jambes, fluides et vaporeuses, semblent danser au rythme des larmes qui l'entourent.

— Je suis Niniel, dit-elle d'une voix douce et mélodieuse. Je suis la Gardienne des larmes. Je protège les Larmes des attaques d'esprits malfaisants.

Isaé et Naël, émerveillés et troublés, échangent un regard.

— Pourquoi ces enfants sont-ils ici ? demande Naël, sa voix tremblante d'inquiétude.

Niniel les regarde avec compassion.

— Ils sont enfermés dans les Larmes de l'univers car ils pleurent la cruauté, la douleur et la violence qui régissent le monde. Leur chagrin est une force, une énergie qui lutte contre les ténèbres.

— Mais comment pouvons-nous les aider ? insiste Naël, déterminé à comprendre.

Niniel prend une profonde inspiration, ses yeux brillants d'une lueur mystérieuse.

— Vous ne pouvez pas les aider ! proclame Niniel. Les Larmes de l'univers sont là pour combattre les âmes sombres de la galaxie. Elles sont nécessaires et ne peuvent disparaître.

— Comment est-ce possible ? demande Isaé.

— Leurs pleurs les rendent plus combattifs face aux Waleriens, ces créatures de malheur, tente-t-elle de leur expliquer.

À ces mots, un frisson parcourt le corps de Naël.

— Les enfants... combattent ?ose-t-il demander.

Isaé, horrifiée, murmure :

— C'est terrible...

Niniel acquiesce, son regard empreint de tristesse.

— Oui, je ressens moi-même une profonde mélancolie. Seulement, leur douleur est aussi leur force. Ils sont les larmes qui purifient le monde des ténèbres.

Les deux aventuriers, le cœur lourd, réalisent l'ampleur de la situation. Même s'ils devaient trouver un moyen de libérer ces enfants, leurs efforts seraient inutiles. Ce serait aller à l'encontre des règles de l'univers.

— Vous vous mettriez en danger, surtout ! dit Niniel, lisant dans leurs pensées.

— Les Waleriens, c'est bien d'eux dont vous parlez ?

— Oui. Vous êtes sans aucun doute courageux mais leurs pouvoirs sont sans limite. Vous ne pourriez même pas les approcher. Ils vous détruiraient avant même que vous vous en rendiez compte.

— Nous possédons la plante sacrée, à présent! rétorque Isaé.

— Nous nous rendons justement auprès du roi Saeros pour lui rapporter, renchérit Naël. Selon lui, c'est le seul moyen d'anéantir les Waleriens.

Niniel soupire profondément.

— Dans ce cas, il existe peut-être un espoir, même s'il est très mince.

La créature céleste déploie alors ses bras gracieux et sa longue chevelure bleue ondule autour de son corps vaporeux.

— Je dois m'en retourner vers les Larmes de l'univers. Vous avez ma bénédiction. Ramenez l'ayahuasca à Hakhamin et confiez-là à Sareos.

Il en fera bon usage. C'est un bon roi !

Sur ces belles paroles, l'être de lumière s'élève et rejoint les milliers de Larmes de l'univers. Tous ne tardent pas à disparaître de la vue des deux amis.

— Nous voici seuls à nouveau, soupire Isaé.

— Seuls peut-être mais nous détenons le moyen de vaincre les Waleriens, ne l'oublie pas ! clame Naël en brandissant son sac à dos où est dissimulée la plante sacrée.

# Chapitre 9

## Kementari


Isaé et Naël n'ont d'autre choix que de se lancer  dans une quête audacieuse : retrouver la cité perdue d'Hakhamin. Après avoir bravé les dangers de la jungle, ils ont cueilli la plante sacrée à la source des trois lunes, un moment de triomphe qui leur a redonné espoir. Mais leur chemin risque fort d'être encore semé d'embûches.

Alors qu'ils avancent, la forêt amazonienne se referme autour d'eux, les enveloppant de son manteau de velours. Les grognements des bêtes sauvages retentissent dans l'air, générant une imperceptible tension. Ils doivent traverser des ponts suspendus, oscillant au-dessus de ravins vertigineux, et grimper le long de parois rocheuses escarpées, leurs mains se crispant sur la pierre rugueuse.

— Tu es sûr que ces ponts sont solides ? demande Isaé, le regard inquiet.

— On n'a pas le choix, répond Naël en prenant une profonde inspiration. Fais-moi confiance, on peut le faire.

Ils commencent à traverser, leurs mains se crispant sur la corde. Parfois, l'angoisse les gagne, et ils se sentent si petits, si isolés, perdus au milieu de cette immensité sauvage.

— Naël, tu ne trouves pas que c'est un peu trop silencieux ici ? murmure Isaé.

La peur se ressent dans sa voix.

— Oui, ça m'inquiète aussi, admet Naël, en scrutant les ombres. Reste sur tes gardes.

Soudain, un grondement sourd retentit derrière eux. Un félin étrange, moitié lynx moitié serpent, est sur leurs traces. Lorsqu'ils se retournent une fois de plus pour vérifier la distance qui les sépare de la bête, ils constatent que sa silhouette s'est rapprochée dangereusement. Le félin est à la fois majestueux et terrifiant.

— Qu'est-ce que c'est que ça ? s'écrie Isaé, les yeux écarquillés.

— Je ne sais pas, mais on doit fuir à tous prix ! crie Naël, prenant la main de son amie.

Ils se mettent à courir, leurs cœurs battant à tout rompre. Ils aperçoivent une cascade qui se dresse juste devant eux.

Ses eaux cristallines dévalent les rochers avec fracas.

— Par ici ! ordonne Naël en se dirigeant vers la chute d'eau. On va tenter de se cacher derrière ! hurle-t-il pour couvrir le bruit fracassant.

Sans hésiter, ils se précipitent derrière le rideau d'eau, se réfugiant dans une grotte secrète qui s'ouvre à l'arrière. L'endroit est frais et humide, et le bruit de la cascade masque leurs respirations haletantes.

— Crois-tu qu'il nous a vus ?

— J'espère que non, répond Naël. Nous n'allons pas tarder à le savoir.

Cela ne réconforte en rien la jeune femme qui cherche désespérément un recoin où se dissimuler au fond de la cavité.

— Restons ici un moment, jusqu'à ce que ça se calme, la rassure son compagnon.

La grotte est ornée de stalactites scintillantes, et des ombres dansent sur les murs, créant une ambiance mystique. Ils se blottissent dans un coin sombre, espérant que la créature ne les trouvera pas.

— Regarde, Isaé, murmure Naël en désignant les parois de la grotte. C'est magnifique ici.

— Tu crois vraiment que le moment est bien choisi pour admirer les lieux, rétorque Isaé avec colère.

De l'autre côté de la cascade, ils peuvent entendre les rugissements de l'animal, frustré par leur disparition. Quelques minutes s'écoulent sans que rien ne se passe. On dirait bien que le prédateur a renoncé à son gibier. Les deux amis finissent par se détendre un peu.

— Quoi qu'il arrive, on est ensemble, dit Isaé avec détermination.

— Exactement, acquiesce Naël, un sourire se dessinant sur son visage.

Ensemble, on peut surmonter tous les obstacles.

On dirait bien que toutes ces mésaventures successives les rendent plus forts et aussi plus solidaires l'un de l'autre.

— Je propose qu'on reste là un moment, histoire de reprendre des forces, suggère Naël.

Isaé étant au bord de l'épuisement, elle se contente d'ouvrir son sac à dos et d'en sortir sa gourde.

— Je vais remplir ma gourde. Donne-moi la tienne.

Il serait dommage de ne pas profiter de la proximité de cette eau pure qui arrive tout droit de la montagne.

Après s'être reposés, Isaé et Naël décident de reprendre la route. Saneos les attend de pied ferme, car il a besoin d'eux pour sauver son peuple. Ils avancent sur un sentier plat, mais une sensation d'inquiétude s'installe peu à peu. Quelqu'un les suit. Quelqu'un les épie.

— Tu sens, Isaé ? demande Naël, en scrutant les ombres qui dansent autour d'eux.

— Oui, c'est étrange. On dirait qu'on n'est pas seuls.

Naël se retourne brusquement, déterminé à confronter l'inconnu.

— Qui va là ? interpelle-t-il, sa voix résonnant dans le silence de la forêt.

Mais aucune réponse ne vient. L'atmosphère devient pesante, et Isaé n'en mène pas large. Les rencontres dans cette forêt sont toujours inattendues et ralentissent leur progression. À force, le roi d'Hakhamin va finir par croire qu'ils ne rentreront jamais.

Soudain, comme sortie de nulle part, une créature apparaît en travers du chemin. Elle est tout simplement majestueuse. Les deux amis sont immédiatement subjugués.

— Je suis Kementari, reine de la terre, déclare-t-elle d'une voix profonde et résonnante.

Kementari est une figure fascinante. Sa peau est d'un vert éclatant, semblable à la mousse qui recouvre les vieux troncs d'arbres. Des motifs de feuilles et de fleurs s'entrelacent sur son corps, comme si la nature elle-même avait pris forme en elle. Ses cheveux, longs et ondulés, sont tissés de lianes et de pétales colorés, flottant doucement autour d'elle comme une brise légère. Ses yeux, d'un brun profond, brillent d'une sagesse ancestrale. Son regard semble percer les âmes.

À première vue, elle paraît bienveillante, un sourire doux illuminant son visage. Mais Isaé et Naël restent méfiants. Ils échangent un regard inquiet, conscients que dans cette

immensité végétale, rien n'est jamais ce qu'il y parait.

— Que désirez-vous, voyageurs ? demande Kementari, sa voix empreinte de douceur.

— Nous... nous cherchons à aider Saneos et son peuple, répond Naël, hésitant.

— Aider ? répète Kementari, son sourire s'élargissant. Sachez que la terre a ses propres désirs et que chaque action a ses conséquences.

Isaé frissonne à ces mots. Ils savent qu'ils doivent avancer, mais l'incertitude de cette rencontre les paralyse. Que veut vraiment la reine de la terre ? Que leur réserve cette forêt mystérieuse ? Ils se tiennent là, au seuil d'une nouvelle aventure, prêts à découvrir ce que le destin leur réserve.

— Jeunes gens, ne soyez pas inquiets. Je peux ressentir votre crainte. N'ayez pas peur, je suis là pour protéger toutes les créatures terrestres, annonce Kementari avec éloquence.

— Vous êtes donc notre amie ?

— Oui, sans nul doute.

— Allez-vous nous aider à rejoindre la cité ?

— Mon esprit vous protégera !

— Votre esprit ?

Isaé est particulièrement curieuse. Si tel est le cas, sera-t-elle présente à leur côté ou bien juste une aide spirituelle ?

— Je ressens votre désarroi, jeune femme, lui confie la reine de la terre.

— Ainsi, je ne me trompe pas. Vous ne nous accompagnerez pas vraiment, n'est-ce pas ?

Kementari avance vers eux en ondulant. Sa peau est aussi verte que les feuillages qui l'entourent. Son visage se confond presque avec la végétation tandis que ses pieds nus semblent profondément ancrés dans le sol. Elle communie avec la terre. Son corps céleste ne fait plus qu'un avec la nature.

— Je peux vous protéger sur terre mais je ne peux rien contre les forces du mal, avoue-t-elle.

Les deux amis sont de plus en plus intrigués. De quelles forces parle-t-elle ?

— Vous avez l'ayahuasca, je n'ai rien.

— Mais vous êtes puissante ?

— Pas autant que vous croyez !

Naël baisse la tête un instant. Ses épaules se voûtent. Il ressent plus que jamais le poids de leur responsabilité. Tous ces êtres rencontrés çà et là dans la jungle sont tous bienveillants. Mais face à la force terrifiante que représentent les Waleriens, ils semblent tous impuissants.

— A force d'étendre leur pouvoir, les Waleriens sont devenus invincibles. La galaxie toute entière les redoute.

Le regard de Kementari s'assombrit.

— La survie de la cité ne dépend que de vous !

Les deux jeunes gens sont stupéfaits. Ils se sentent totalement démunis même s'ils ont prouvé, jusque-là, que leur détermination était à toute épreuve.

— Allez en paix, mes amis !

En disant ces mots, Kementari s'éloigne de la lisière du sentier pour s'enfoncer parmi les bambous et les ronces qui l'engloutissent presque aussitôt. Plus loin, des hordes de singes hurleurs saluent son passage tandis qu'ils se balancent à la cime des arbres. Isaé et Naël se retrouvent à nouveau seuls, face à leur destin.

# Chapitre 10

## L'appel des galaxies

Isaé et Naël avancent prudemment sur le sentier sinueux qui les mène à la cité d'Hakhamin. Le soleil brille haut dans le ciel, projetant des ombres dansantes sur le sol. À chaque pas, le paysage autour d'eux semble se transformer, comme si la nature elle-même répondait à leur présence.

— Regarde, Naël ! s'exclame Isaé, stupéfaite. Le relief est en train de se modifier !

En effet, la vallée qui les entoure se métamorphose sous leurs yeux. Les collines douces, couvertes de fleurs sauvages aux couleurs éclatantes, s'élèvent soudainement, se dressant en majestueuses montagnes. Les pentes se redressent, et des pics enneigés apparaissent, scintillant au soleil.

— Des montagnes enneigées en pleine jungle, c'est impossible ! confirme Naël.

Les fleurs, tantôt d'un violet profond ou d'un jaune éclatant, semblent s'incliner respectueusement face à ce miracle de la nature.

— C'est incroyable ! ajoute le jeune homme, les yeux écarquillés. On dirait que la terre respire avec nous.

Ils continuent leur chemin, et bientôt, un ruisseau murmure à leur droite. L'eau claire et fraîche serpente entre les pierres lisses, créant une mélodie apaisante. Subitement, un frémissement parcourt le sol, et le ruisseau se mue en torrent. L'eau s'accélère, se précipitant avec force, éclaboussant les bords de la berge. Les éclats d'eau scintillent comme des diamants sous le soleil.

— Fais attention, Isaé ! crie Naël, en se penchant pour éviter les jets d'eau qui jaillissent. Ça devient sauvage ici !

— Sans doute, mais c'est magnifique! répond-elle, fascinée par la puissance de l'eau qui dévale les rochers.

Plus loin, ils aperçoivent un lac dont les eaux d'un bleu profond reflètent le ciel. Tandis qu'ils s'approchent, le lac s'élargit, ses rives s'éloignant comme si elles étaient aspirées par un souffle invisible. En quelques instants, ce qui était un simple lac devient une mer intérieure, ses vagues ondulant comme une invitation à plonger.

— C'est comme si nous étions dans un rêve, commente Naël, les yeux rivés sur l'horizon qui s'étend à perte de vue. Chaque pas nous emmène vers un nouveau monde.

— Oui, et je me demande ce qui nous attend encore, répond Isaé, toute excitée.

— Il ne faut pas trop trainer, Isaé. Le roi Saeros nous attend !

Ensemble, ils poursuivent leur route, émerveillés par la magie de la nature qui les entoure, chaque paysage révélant un nouveau mystère, une nouvelle beauté à découvrir.

Après quelques jours de marche, Isaé et Naël s'arrêtent enfin pour organiser leur campement. Ils souhaitent se poser quelques temps afin de récupérer un peu. Les courtes nuits dans les hamacs ont fini par les épuiser. La cité qu'ils espèrent atteindre n'est toujours pas en vue, et une inquiétude sourde s'installe entre eux.

— Es-tu sûr qu'on soit toujours sur le bon chemin ? demande Isaé, en ajustant la sangle de son sac à dos.

— Je ne suis plus sûr de rien, tu sais.

Ils fixent leurs hamacs entre deux grands chênes, la lumière du jour décroissant lentement. Alors qu'ils s'installent, ils sentent un genre de courant d'air.

— C'est étrange. On dirait que le vent se lève subitement, commente Isaé.

Effectivement, les arbres commencent à osciller, leurs feuilles chuchotant des secrets dans le vent. Les plantes frémissent, et un silence pesant s'installe. Les oiseaux, d'habitude si bavards, se taisent soudainement, comme s'ils pressentaient un danger. Même les grenouilles nocturnes, d'ordinaire si joyeuses, se mettent à l'écoute, figées dans l'attente.

— C'est étrange, non ?  murmure la jeune femme, le regard scrutant l'obscurité grandissante.

— Oui, ça me met un peu mal à l'aise, admet Naël, en se redressant dans son hamac.

Soudain, un gigantesque éclair déchire le ciel, illuminant la nuit d'une lumière aveuglante. Le ciel s'enflamme, une explosion de couleurs vives et chatoyantes éclate au-dessus d'eux. Des teintes de violet, de bleu et d'or se mêlent dans un ballet éblouissant, comme si l'univers lui-même se réveillait. Les étoiles scintillent, apparaissant et disparaissant dans un rythme effréné, comme des feux d'artifice dans un ciel nocturne.

— Décidément, cette forêt est pleine de surprises !

Isaé, les yeux écarquillés, ne peut s'empêcher de sourire.  On dirait que le ciel danse !

*Il faut s'attendre à tout dans cette jungle,* se dit-elle. *Il peut arriver n'importe quoi, n'importe où.*

Les éclairs continuent de fendre l'obscurité, illuminant les silhouettes des arbres qui semblent prendre vie, leurs branches s'étirant vers le ciel en une quête désespérée. Chaque éclair est une promesse, une invitation à rêver, à croire que quelque chose de grand se prépare. Les étoiles, animées de mille éclats, semblent murmurer des histoires ancestrales ou des légendes oubliées.

— C'est comme si le ciel nous parlait, dit la jeune femme, la voix pleine d'émerveillement.

— Mouais ! Il met le paquet, on dirait bien !

Isaé et Naël n'ont pas quitté leurs hamacs, installés au beau milieu de la clairière. Leurs yeux se plissent instinctivement sous l'éclat insupportable du ciel. La luminosité, d'une intensité inouïe, semble vibrer autour d'eux, comme si le soleil lui-même avait décidé de se rapprocher. Ils se protègent les yeux avec leurs bras, cherchant désespérément un abri contre cette clarté aveuglante.

Soudain, un puissant coup de vent traverse la clairière. Une force invisible secoue leurs hamacs, les faisant basculer. Dans un bruit sourd, ils tombent tous deux au sol, la terre fraîche les accueillant avec un choc inattendu. Isaé se frotte les yeux, tentant de chasser la confusion qui l'envahit. Lorsqu'elle les rouvre, un spectacle invraisemblable s'offre à elle.

Des êtres de lumière se tiennent debout de part et d'autre de la clairière. Ils scintillent comme des étoiles. Leurs formes célestes sont indescriptibles car elles n'ont rien d'humain. Certains d'entre eux sont élancés, d'autres plus trapus, mais tous dégagent une aura de sagesse et de puissance. Leurs visages sont flous, comme si la lumière les

enveloppait, rendant leurs traits indiscernables. Isaé et Naël, fascinés, ne peuvent s'empêcher de les observer.

— A qui avons-nous l'honneur ? demande Naël d'un ton respectueux.

*S'ils sont hostiles, mieux vaut les brosser dans le sens du poil,* pense le jeune homme.

L'une des entités s'avance et dit s'appeler Galadriel. Sa voix douce et mélodieuse s'élève comme une note de musique. Les mots qu'il prononce ne semblent avoir aucun sens. Pourtant, Naël et Isaé reçoivent une sorte d'écho dans leur esprit. Instinctivement, sans trop savoir pourquoi, ils parviennent à comprendre ce qu'il dit.

— Nous sommes les élus de la galaxie, déclare Galadriel, ses bras s'étendant comme pour embrasser l'univers. Nous venons de mondes lointains, porteurs de messages et de savoirs.

À ses côtés, un autre être, nommé Zephyros, s'incline légèrement. Sa lumière vacille, créant des motifs dansants autour de lui.

— Nous avons observé votre quête, votre désir de comprendre. Vous avez été choisis pour entendre notre appel.

Isaé, encore sous le choc, se redresse lentement.

— Pourquoi nous ? Qu'attendez-vous de nous ?

Les entités échangent des regards lumineux, et une vague de chaleur enveloppe la clairière.

— Vous êtes les témoins d'un changement, répond Galadriel.

Il marque un temps, scrutant les deux jeunes gens avec intérêt.

— La lumière que vous voyez est le reflet de l'harmonie qui doit être restaurée dans l'univers, poursuit-il.

Un troisième être s'avance.

— Je suis Gaia, dit-il simplement.

Sa voix est comme un souffle de vent. Limpide et pure, elle invite à la sérénité et à l'apaisement.

— Chaque peuple de la galaxie a besoin de votre aide. Nous avons compris que vous voulez aider le peuple d'Hakhamin à recouvrer la vie. Vous souhaitez aussi que les enfants de la cité soient libérés de l'emprise des Waleriens.

Isaé et Naël échangent un regard, une compréhension silencieuse s'installant entre eux. Ils réalisent que leur aventure ne fait que commencer, et que ces êtres de lumière sont là pour les guider sur un chemin qu'ils n'auraient jamais imaginé.

— Nous sommes prêts à vous écouter, déclare Naël avec détermination. Qu'attendez-vous de nous ?

Les entités de lumière esquissent une sorte de sourire. La clairière s'illumine encore davantage, comme si l'univers entier se préparait à les accueillir dans une nouvelle réalité.

— Nous n'attendons rien ! explique Galadriel.

— C'est nous qui allons vous prêter main forte ! renchérit Gaia.

— Les Waleriens sont nos ennemis à tous ! ajoute enfin Zephyros.

Leurs langues sont décidément très étranges. Les deux amis s'étonnent de pouvoir suivre la conversation malgré tout. Les êtres de lumière leur ont peut-être transmis leurs codes de langages.

— C'est fascinant, s'exclame Isaé.

— Vous allez donc nous aider ?

Toutes les entités exécutent une lente révérence, affirmant ainsi leur respect et loyauté envers les deux jeunes gens.

— La galaxie va vous aider à vaincre les Waleriens ! Soyez-en sûrs !

Dans un bruissement de lumière, les messagers de la galaxie se retirent. Leurs regards perdent peu à peu de leur luminescence. Ils se préparent à rejoindre de lointaines contrées, hors du temps.

*Toujours aussi énigmatiques, c'est peuples de l'univers !* pense Isaé.

La clairière replonge dans la pénombre. Les oiseaux nocturnes se remettent à crier, les grenouilles à coasser tandis que les singes hurleurs reprennent leurs rugissements envoûtants, indifférents à ce qui vient de se dérouler.

— Désormais, nous avons des alliés ! lance Isaé tout en remontant dans son hamac.

— Une alliance intergalactique, qui plus est ! ajoute Naël non sans fierté.

— Seulement, ce sont encore des promesses. Auront-ils suffisamment de pouvoir pour anéantir les Waleriens ?

## Chapitre 11

## Morwën


Isaé et Naël avancent prudemment sur la piste sinueuse, le pouls à cent à l'heure. La lumière des étoiles brille au-dessus d'eux, et ils se sentent enveloppés par la bienveillance de la galaxie.

— Tu penses que le roi Sareos s'inquiète pour nous ? demande Naël, en scrutant l'horizon.

— Peut-être, mais il a sûrement reçu des nouvelles des créatures de la source des trois lunes, répond Isaé, essayant de rassurer son ami. Il peut communiquer par télépathie.

Soudain, un mouvement dans le ciel attire leur attention. La nuée d'oiseaux qui les guide depuis leur rencontre avec Elendur s'envole en un battement d'ailes, disparaissant à l'horizon. Leur départ subit provoque un malaise chez les deux aventuriers.

— Zut ! Que fait-on? Sans boussole, ni oiseau, nous allons nous perdre, s'inquiète Naël.

— Je... je ne sais pas. Nous devons trouver une autre façon de nous repérer dans l'espace, murmure Isaé, désemparée.

Sans s'en rendre compte, ils s'éloignent du sentier et, en quelques instants, se retrouvent au bord d'un lac immense.

— Le lac du crépuscule ! C'est le Morwën ! affirme Naël.

— Comment le sais-tu ? s'étonne son amie.

— La veille de notre départ, j'ai beaucoup échangé avec Sareos. Il m'a confié quelques petits secrets…

— Eh bien ! Tu m'en dirais tant !

La jeune femme ressent un peu de jalousie. Son ami le perçoit et fait comme si de rien était. C'est sans fondement. Le roi a bien confié le précieux livre sur l'ayaluasca à Isaé.

Le lac s'étend devant eux, gigantesque et sombre. L'eau, d'un noir profond, semble avaler la lumière, tandis que des vagues de vase s'agitent à sa surface, créant des formes inquiétantes.

— Regarde, s'écrie Naël, désignant l'autre berge du lac. Il y a des méduses géantes qui flottent là-bas.

Isaé frissonne à la vue des créatures translucides, leurs corps luminescents se mouvant lentement dans l'eau. Plus loin un héron blanc se donne du mal pour éviter de s'engluer dans la vase nauséabonde.

— Et ces plantes... ajoute-t-elle, en désignant des lianes pourvues de ventouses qui s'accrochent aux rives. Elles ont l'air venimeuses.

Le lac est terrifiant, et une atmosphère pesante enveloppe les deux amis. Ils échangent un regard inquiet, ne sachant pas de quel côté fuir.

— Nous ne pouvons pas rester ici, déclare Naël. Mais où aller ?

Soudain, un mouvement dans l'eau attire leur attention. Une silhouette noire et gluante émerge des profondeurs, recouverte d'algues et de sangsues. Elle ressemble à une femme mais n'en est pas une. Ses yeux globuleux, d'un vert phosphorescent, brillent dans l'obscurité tandis qu'un sourire sinistre se dessine sur son visage.

— Je suis Nandil, la reine de Morwën, déclare-t-elle.

Sa voix grave retentit comme un écho dans la nuit noire.

Nandil est une créature imposante, sa peau luisante et visqueuse reflète la lumière des étoiles. Ses bras longs et serpentins se déplacent avec une grâce inquiétante, alors que des sangsues s'accrochent à son corps, se déplaçant lentement comme si elles dansaient au rythme de son souffle. Ses cheveux, faits d'algues flottantes, ondulent autour d'elle, créant une aura terrifiante.

— Que faites-vous ici chez moi ? demande-t-elle, ses yeux perçants scrutant Isaé et Naël.

Les deux amis échangent un regard, le cœur battant la chamade. Ils savent qu'ils doivent agir avec prudence face à cette reine des profondeurs.

Dans les profondeurs mystérieuses du lac Morwën, l'eau scintille d'une lueur étrange, presque hypnotique. Nandil, la reine du lac, émerge lentement de l'onde, ses écailles argentées reflétant la lumière comme des milliers de diamants. Son regard, perçant et glacial, se pose sur Isaé et Naël, qui se tiennent tremblants sur la berge.

— Qui ose troubler ma quiétude ? gronde Nandil, sa voix résonnant comme un écho dans l'immensité du lac. Vous avez dérangé mes profondeurs. Quittez ces lieux, ou vous en subirez les conséquences.

Isaé échange un regard inquiet avec Naël. Visiblement, la créature est hostile.

— Nous ne voulons pas de problèmes, votre Majesté. Nous voulons juste...

— Silence ! hurle Nandil, s'approchant d'eux avec une grâce menaçante. Avant de partir, vous aurez l'amabilité de m'offrir un présent. Je sais que vous détenez la plante sacrée. Confiez-moi l'ayaluasca et je vous laisserai la vie sauve.

Naël, les mains tremblantes, serre son sac contre lui.

— Nous ne pouvons pas vous donner cette plante. Elle est trop précieuse.

Nandil sourit mais ses yeux disent le contraire.

— Oh, mais je peux être très persuasive, Naël. Imaginez ce que vous pourriez gagner en m'offrant ce que je désire. Je pourrais vous accorder tout pouvoir !

— Comment connaissez-vous mon nom ? demande le jeune homme.

Isaé fronce les sourcils, réalisant que quelque chose ne va pas. Cette créature n'est pas là par hasard. Elle savait qu'ils allaient venir. Tout a été organisé.

— Nandil, vous êtes de connivence avec les Waleriens, n'est-ce pas ?

La reine s'en amuse aussitôt. Son rire sinistre résonne dans l'obscurité.

— Très astucieuse, petite. Oui, ils sont mes alliés. Ensemble, nous pourrions régner sur ce monde. Mais pour cela, j'ai besoin de cette plante.

Naël, réalisant le danger, murmure à Isaé :

— Nous devons nous échapper.

— Oui, mais comment ? répond-elle, le regard fixé sur Nandil qui s'approche de plus en plus.

Soudain, une idée germe dans l'esprit de la jeune aventurière.

— Naël, souviens-toi de la pierre que nous avons trouvée près de la cascade. Elle peut créer un passage vers le monde des rêves. Si nous l'utilisons maintenant, nous pourrions fuir !

Naël acquiesce, son visage se radoucissant.

— D'accord. Il n'y a pas une seconde à perdre.

Isaé sort la pierre magique de son sac à dos. Elle la tient fermement dans sa main.

— Nandil, nous avons décidé de partir. Mais avant cela, nous vous offrons un dernier cadeau.

La reine, intriguée, s'arrête.

— Qu'est-ce que cela pourrait être ?

— Une vision de votre avenir, annonce la jeune femme en brandissant la pierre. Regardez !

Nandil, fascinée, s'approche, ses yeux brillants d'avidité. Au moment où elle se penche pour voir, Isaé murmure les mots magiques. La pierre s'illumine, créant un vortex scintillant autour d'eux.

— Vite, Naël ! crie Isaé.

Ils se précipitent dans le vortex, tandis que la reine du lac, réalisant la supercherie, hurle de rage.

— Vous ne pouvez pas m'échapper !

Mais déjà, le monde autour d'eux se transforme. En quelques secondes, ils se retrouvent en sécurité, loin des eaux sombres du lac Morwën. Essoufflés mais soulagés, ils échangent un regard complice.

— Nous l'avons fait, souffle Naël, un sourire se dessinant sur ses lèvres.

— Oui, mais nous devons rester prudents. Cette créature cruelle ne nous oubliera pas de sitôt, répond Isaé, déterminée.

Ensemble, ils s'éloignent, prêts à affronter de nouvelles aventures, mais toujours conscients des dangers qui rôdent dans l'ombre.

# Chapitre 12

## Le défi

Isaé et Naël avancent prudemment sur le chemin rocailleux, leurs cœurs encore battant de l'adrénaline de leur évasion. Ils ont marché toute la nuit. A présent, le soleil brille haut dans le ciel, mais l'ombre des arbres les entoure, créant une atmosphère à la fois magique et oppressante.

> — Je n'arrive pas à croire que nous avons échappé à Nandil ! s'exclame Naël, un sourire fier illuminant son

visage. C'était un coup de génie de ta part, Isaé.

La jeune femme, perdue dans ses pensées, ne répond pas tout de suite. Elle se remémore leur rencontre avec les êtres de lumière, leurs visages radieux et leurs voix mélodieuses.

— C'était comme un rêve, Naël. J'aimerais tant pouvoir visiter leur galaxie, voir les étoiles de près...

— De quoi parles-tu ?

— Des êtres de lumière.

Naël secoue la tête, un brin de tristesse dans ses yeux.

— Je sais, mais nous ne pouvons pas voyager dans le temps. Les êtres de lumière peuvent se téléporter, mais nous, nous sommes coincés ici.

Isaé soupire, mais elle reprend courage et continue d'avancer, ses pieds foulant le sol jonché de racines et de pierres tranchantes...

Soudain, la jeune femme pousse un cri déchirant. Elle vient de glisser sur une pierre aiguisée, et la douleur la foudroie.

— Isaé ! s'écrie Naël, se précipitant vers elle. Il voit du sang s'écouler lentement de sa chaussure, et son cœur se serre.

— Reste calme surtout, je vais t'aider, ajoute-t-il.

Il scrute les alentours, cherchant désespérément une plante qui pourrait l'aider. Ses yeux se posent sur une petite plante aux feuilles vertes et velues, qui pousse près d'un rocher.

— Regarde, Isaé ! dit-il en s'agenouillant. C'est de l'akar kuning. C'est une liane connue pour ses propriétés cicatrisantes.

— Comment en es-tu sûr ? demande Isaé.

— Un orang-outan de Sumatra en Indonésie a réussi à se soigner tout seul de ses blessures grâce à cette liane médicinale.

— Ah ben alors ! Si un orang-outan a pu guérir grâce à cette plante miracle ! se moque gentiment Isaé.

— Fais-moi confiance. L'akar kuning va te soigner !

Avec précaution, Naël arrache quelques feuilles, puis il les écrase entre ses doigts pour en extraire le jus. L'odeur est douce et légèrement épicée. Il applique le mélange sur la plaie d'Isaé, qui grimace légèrement.

— Ça va faire un peu mal, mais ça va t'aider à guérir, murmure-t-il d'une voix douce et rassurante.

— Merci, Naël, répond-elle, pleine de gratitude. J'espère que ça va fonctionner sur moi. Je ne suis pas un orang-outan.

Naël, en dépit des circonstances, trouve la remarque de son amie amusante. Consciencieusement, finit de bander le pied d'Isaé avec un morceau de tissu qu'il a trouvé dans son sac.

— Nous devrions faire une pause ici, propose-t-il. Tu dois absolument te reposer un moment avant de reprendre la route.

Isaé hoche la tête, reconnaissant la nécessité de ralentir. Elle regarde autour d'elle, admirant la beauté sauvage de la forêt. Les oiseaux chantent, et le vent murmure à travers les feuilles. Malgré la douleur, elle se sent chanceuse d'être là, avec son meilleur ami à ses côtés.

— Tu sais, confie-t-elle, même si nous ne pouvons pas voyager dans le temps, je suis contente d'être ici avec toi. Nous vivons des moments incroyables !

Naël sourit. Il installe un hamac pour la jeune femme tandis qu'il choisit une simple souche d'arbre pour lui afin de reprendre des forces. Ils sont encore loin de leur objectif final.

La journée s'étire lentement. Le soleil commence à descendre à l'horizon, projetant des ombres fantomatiques sur le sol. Isaé se hisse hors du hamac.

— Nous devrions repartir...

— Tu t'en sens vraiment capable ?

— Oui, je crois.

La jeune femme hisse son sac à dos sur ses épaules et commence à faire quelques pas. Brusquement, elle ressent une douleur sourde dans son pied. Elle s'arrête, le visage blême.

— Naël, je... je ne me sens pas bien, murmure-t-elle d'une voix éteinte.

Naël se tourne vers elle, inquiet.

— Qu'est-ce qui se passe ?

Il s'approche, scrutant son visage.

— Assied-toi, s'il te plait. Je vais t'enlever ta chaussure pour regarder comment est ta blessure.

En une seconde, il constate les dégâts.

— Ton pied... il est enflé et... il change de couleur.

— Aïe.

Isaé regarde son pied, horrifiée. La peau est rouge et gonflée, et une chaleur intense s'en dégage.

— Je crois que j'ai de la fièvre.

Elle porte la main à son front.

— Oui, c'est sûr. J'en ai.

Sa voix est à peine audible.

— Tu es brûlante. Il n'est plus question de repartir. C'est trop risqué pour toi de marcher dans ton état.

Isaé s'assoit, le souffle court. Alors qu'elle ferme les yeux, une sensation étrange l'envahit. Des murmures commencent à s'élever autour d'elle, des voix qui semblent surgir des profondeurs de la terre.

— Isaé... Isaé...

Les voix sont graves et chargées d'agressivité.

— Tu ne peux pas nous échapper...

Elle frissonne, une peur sourde s'insinuant dans tout son être. Les voix sont menaçantes, comme si elles cherchaient à pénétrer son esprit et à s'y glisser comme une ombre.

— Naël... appelle-t-elle, J'entends des voix... elles veulent entrer dans ma tête.

Naël se fige. Sa blessure au pied ne peut en aucun cas lui provoquer des hallucinations. La plante médicinale administrée était faite pour la soulager. Elle ne peut donc en être la cause.

— Ce sont eux, ce sont les Waleriens, murmure-t-il.

*Ils sont connus pour leur ingérence dans l'esprit des êtres vivants. Ils cherchent à contrôler ceux qui sont faibles.*

Naël n'en dit rien à son amie, évitant de l'angoisser davantage.

Au même instant, Isaé sent une pression croissante dans son crâne, comme si des mains invisibles tentaient de l'attraper. Les voix deviennent plus insistantes, plus sombres.

— Abandonne-toi... laisse-nous entrer.

— Non ! s'écrie-t-elle, se tenant la tête entre les mains. Je ne veux pas !

— A qui parles-tu, Isaé ?

La jeune femme se tortille dans tous les sens, gardant les deux mains sur son crâne malmené.

Naël, désespéré, se penche vers elle.

— Isaé, concentre-toi sur quelque chose de positif. Pense à notre voyage, à la liberté que nous avons trouvée.

Mais les voix continuent de murmurer, et Isaé sent leur pouvoir grandir. Les Waleriens tentent de s'immiscer dans son esprit. Ils cherchent à la contrôler. La jeune femme en est parfaitement consciente et refuse de les laisser entrer.

— Naël , la seule façon de combattre ces êtres viles, c'est de poursuivre notre route jusqu'à Hakhamin, dit-elle d'un ton ferme. Lorsque Saeros aura récupéré l'ayaluasca, il pourra vaincre les Waleriens et libérer les enfants de la cité.

Isaé, malgré la douleur et la peur, hoche la tête.

— Mais on ne va pas assez vite !

— On fait de notre mieux mais des obstacles entravent notre quête.

— Qu'allons-nous faire ? implore Isaé.

De violents maux de tête lui martèlent le cerveau. Elle a le sentiment qu'on lui écrabouille littéralement tout à l'intérieur. Les voix se sont muées en sifflements stridents.

— On dirait que j'ai des acouphènes, à présent.

La situation est très préoccupante. Naël ne renonce pas pour autant. Il ouvre son sac à dos et en sort une boîte d'antalgiques.

— On a des antidouleurs ! Autant que ça serve !

— Je ne suis pas certaine qu'ils puissent lutter contre les Waleriens…

— Ça se tente, dit-il en lui tendant deux comprimés et sa gourde.

Isaé ne se fait pas prier plus longtemps. Les névralgies sont si fortes qu'elle serait prête à avaler n'importe quoi. Elle qui d'ordinaire ne boit que quelques gouttes, engloutit quasiment tout le contenu de la gourde en quelques secondes.

— Merci, Naël. Que ferais-je sans toi ?

La forêt est plutôt calme. Le crépuscule est proche mais il serait imprudent de rester au même endroit pour y passer la nuit.

— On fait quoi ? demande la jeune femme.

— Je ne sais pas encore, mais nous devons nous lever et avancer. Ne laisse pas les Waleriens te contrôler, Isaé. Tu es plus forte qu'eux.

Avec un effort surhumain, Isaé se redresse, s'appuyant sur Naël.

— Je vais porter ton sac, propose Naël.

— Mais...

— C'est non négociable, répond-il en lui lançant un petit clin d'œil amical.

Les voix continuent de murmurer, ponctuées par des sifflements assourdissants. Cependant, elle se concentre sur la chaleur de son ami à ses côtés. Ensemble, ils doivent protéger la plante sacrée pour la rapporter à Saeros et affronter les ténèbres qui menacent de les engloutir.

# Chapitre 13

## Les Waleriens

Isaé avance, le cœur lourd, les voix dans sa tête s'intensifiant. Les sifflements stridents continuent de lui transpercer le crâne. Chaque murmure semble s'enrouler autour de son esprit, la faisant souffrir horriblement. À ses côtés, Naël, inquiet, scrute la forêt qui les entoure.

— Je sais que tu n'es pas en état mais nous devons accélérer notre rythme pour pouvoir arrive rapidement jusqu'à la cité. Le temps est compté.

Isaé hoche la tête, mais son regard est vide. Les Waleriens, peuple cruel et avide de pouvoir, hantent ses pensées. Ils sont prêts à tout pour conserver leur domination sur la galaxie. Leur cruauté est légendaire, et leur désir d'anéantir tout ce qui se dresse sur leur chemin est palpable. A l'instant, Isaé en fait les frais.

— Les Waleriens… murmure-t-elle, la peur s'insinuant dans sa voix. Ils sont télépathes, Naël. Ils peuvent déchiffrer nos pensées et nos craintes. Ils n'hésiteront devant rien.

Naël acquiesce, son visage se durcissant.

— Oui, et ils ont le don d'ubiquité. Cela signifie qu'ils peuvent être présents à plusieurs endroits en même temps. C'est comme s'ils étaient partout et nulle part à la fois.

Isaé frissonne à cette pensée. Les Waleriens peuvent se rendre invisibles, et personne ne peut les repérer. Les autres peuples de la galaxie ignorent même où se trouve leur planète. Ils contrôlent presque tout dans l'univers, et leur présence est une menace constante.

Alors qu'ils avancent, une sensation étrange les envahit. Les voix dans la tête d'Isaé s'amplifient, évoluant en hurlements assourdissants.

Soudain, Naël s'arrête. Il fronce les sourcils tout en écoutant les bruits de la forêt.

— Isaé, tu entends?

La jungle se fige autour d'eux. Les animaux se taisent, et un silence pesant s'installe. Les arbres, d'habitude si vivants, semblent se plier sous l'assaut d'une force invisible. Les chênes et les fromagers se courbent comme des roseaux, et une terreur sourde s'empare des deux jeunes explorateurs.

— Ils sont là, chuchote Naël, le regard écarquillé.

*C'est impossible,* se dit la jeune femme en tremblant.

Soudain, les voix se taisent. Un souffle glacial les traverse de part en part. Malgré la forte chaleur humide, les deux aventuriers ressentent un froid polaire. Brusquement, les êtres maléfiques se dévoilent. Les Waleriens se matérialisent devant les regards hébétés d'Isaé et Naël. Jamais auparavant ils n'avaient vu ces créatures prendre une forme physique. Tous en parlaient comme des êtres impalpables et inaccessibles. Comment pouvaient-ils se montrer à qui que ce soit ? A force de demeurer invisibles, ils finissaient par le rester d'office.

Pourtant, ils sont là, devant eux : les Waleriens !

— Mais non…murmure Naël.

Ils ressemblent à des monstres préhistoriques, recouverts d'écailles brillantes et parsemés de cuirasses sombres. Leur stature est gigantesque, et leur force semble incommensurable. Ils pourraient presque tenir un arbre géant dans la paume de leur main.

> — Qu'est-ce que… ? commence à dire Isaé, mais les mots se perdent dans sa gorge.

Un des Waleriens, plus grand que les autres, avance, ses yeux perçants fixés sur eux.

> — Vous avez quelque chose qui nous appartient, gronde-t-il, sa voix résonnant comme un tonnerre.

Naël se redresse. Le sang bat à tout rompre dans ses tempes.

> — Nous ne vous laisserons pas prendre la plante sacrée ! s'écrie-t-il.

Le Walérien éclate de rire, un son guttural et terrifiant.

> — Vous ne comprenez pas, petits humains. Vous êtes déjà perdus.

Isaé sent une vague de désespoir l'envahir. Les Waleriens sont là, et leur

pouvoir est écrasant. Elle se tourne vers Naël, cherchant du soutien dans ses yeux.

— Nous devons nous battre, murmure-t-elle, bien que la peur l'étreigne.

*Si notre cause est perdue, autant tenter le tout pour le tout,* se dit-elle.

— Oui, mais comment ? répond Naël, son regard déterminé mais inquiet.

Les Waleriens avancent, et la forêt, figée dans l'angoisse, semble retenir son souffle. Isaé et Naël se préparent à affronter l'inimaginable, sachant que leur destin et celui de la cité d'Hakhamin reposent sur leurs épaules.

Tandis qu'ils se font face, Naël et Isaé ont le temps de les observer plus attentivement. Ce sont des créatures d'une apparence à la fois fascinante et terrifiante. Leur stature est imposante, atteignant souvent plus de trois mètres de hauteur, ce qui leur confère une présence écrasante. Leur corps est recouvert d'écailles d'un noir profond, scintillant légèrement à la lumière, comme si elles étaient imbibées d'une substance mystérieuse. Ces écailles sont d'une texture rugueuse, semblable à celle des reptiles, mais elles sont également renforcées par des plaques de cuirasse qui protègent les parties vitales de leur corps.

*C'est juste impossible ! On nage en plein cauchemar ! C'est du délire !* pense Isaé, incapable de bouger le petit doigt.

Leurs membres sont longs et musclés, dotés de griffes acérées qui peuvent trancher la chair comme du papier. Les bras, puissants et flexibles, se terminent par des mains à quatre doigts, chacun se terminant par une griffe redoutable. Leur démarche est à la fois fluide et menaçante, leur permettant de se déplacer silencieusement malgré leur taille.

La jeune femme cligne des yeux en découvrant leurs visages. Ils possèdent des traits anguleux, avec des pommettes saillantes et une mâchoire carrée. Leurs yeux, d'un jaune incandescent, brillent d'une intelligence froide et calculatrice.

*Ils sont capables de voir dans l'obscurité*, se dit Naël.

Si c'est le cas, cela leur donne un avantage sur leurs proies. Les pupilles, verticales comme celles des félins, semblent scruter l'âme de ceux qui osent les défier.

Leurs têtes sont ornées de cornes sinueuses qui s'élèvent et se tordent, renforçant leur allure préhistorique. Ces cornes, d'un gris terne, paraissent aussi dures que l'acier et peuvent être utilisées comme des armes. Leur peau, bien que couverte d'écailles, est également marquée par des motifs luminescents qui pulsent lentement, comme si une énergie sombre circulait en eux.

Les deux amis les ressentent en eux, comme s'ils voulaient s'immiscer dans leur esprit. Cela confirme qu'ils sont dotés de capacités extraordinaires. Naël les observe à la dérobée. Leur télépathie leur permet de communiquer entre eux sans prononcer un mot. Ils doivent pouvoir pénétrer l'esprit de leurs adversaires pour y semer la peur et la confusion. Cette capacité leur confère un pouvoir psychologique redoutable, rendant leurs ennemis vulnérables.

*Ces créatures sont terrifiantes,* pense le jeune homme.

Rapidement, ils se sentent oppressés. Le don d'ubiquité de ces créatures cauchemardesques leur confère une puissance démesurée. A tout moment, ils peuvent créer une illusion de présence omniprésente. Les deux amis ont la sensation d'être encerclés, comme pris au piège.

Même s'ils tentent de les défier, Isaé et Naël constatent qu'il sera impossible de leur échapper, car ils peuvent se déplacer d'un point à un autre en un clin d'œil, laissant derrière eux une aura de mystère et de terreur.

Qui plus est, leur invisibilité est l'un de leurs atouts les plus redoutables. Ils peuvent se fondre dans leur environnement, devenant indétectables aux yeux des autres. Cela leur permet de s'approcher de leurs cibles sans être remarqués, ajoutant une couche supplémentaire à leur dangerosité.

En somme, les deux aventuriers comprennent à quel point les Waleriens sont des entités puissantes et nuisibles, alliant force brute et capacités surnaturelles. Ce sont des adversaires redoutables, capables de semer la terreur dans le cœur des plus courageux. Les deux amis sont tétanisés. Ils n'ont aucune chance face à ces monstres. Isaé pleure en silence tandis que son compagnon serre les poings de rage.

*Nous sommes perdus,* pensent-ils.

Leurs regards se croisent. L'horreur les submerge. S'en est fini pour eux. L'aventure s'arrête ici.

Alors qu'ils n'y croient plus, une chose incroyable se passe. Au moment où l'un des Waleriens se rapproche de Naël, il se produit un phénomène insensé. Les créatures se mettent littéralement à voler en éclat, repoussées par une force invisible démesurée.

— Ton sac, dit Isaé en désignant le sac à dos de Naël.

Immédiatement, son ami comprend. L'ayaluasca s'y trouve. Les paroles de Saeros résonnent alors dans sa mémoire.

— Si les Waleriens la sentent, la touchent, l'absorbent ou même la voient, elle aura le pouvoir de les anéantir !

Pour l'heure, ils n'ont pas encore été vaincus mais la plante sacrée les a repoussés.

# Chapitre 14

## Les Chalandras

Isaé et Naël avancent prudemment sur le sentier sinueux qui les mène vers la cité d'Hakhamin. Leurs cœurs battent encore à tout rompre. Leur récente évasion les a tout de même bien secoués. Bien que dissimulée au fond du sac de Naël, la plante sacrée brille d'une lueur douce et apaisante comme un talisman contre les horreurs qu'ils ont laissées derrière eux.

— Regarde, Naël ! s'exclame Isaé, pointant du doigt une lumière scintillante qui filtre à travers les feuillages. On dirait que quelque chose nous attend là-bas.

Naël hoche la tête. Ses yeux pétillent d'excitation.

— Oui, mais restons sur nos gardes. Nous n'allons peut-être pas faire une rencontre amicale. Rappelle-toi les Waleriens !

Alors qu'ils s'approchent, une silhouette émerge de l'ombre des arbres.

— Je suis une Chalandra. Je suis une elfe des bois ! annonce-t-elle d'un ton impérial.

Ses cheveux d'un vert profond semblent se fondre dans le feuillage environnant. Sa peau est d'une teinte dorée, comme si elle était caressée par les rayons du soleil. Elle porte une robe tissée de feuilles et de fleurs, qui danse

autour d'elle à chaque mouvement, créant une harmonie parfaite avec la nature.

— Qui ose troubler la paix de la forêt ? demande-t-elle d'une voix mélodieuse, mais ferme. Ses yeux, d'un bleu éclatant, scrutent Isaé et Naël avec une curiosité mêlée de méfiance.

— Nous sommes des voyageurs, répond Naël, essayant de parler d'une voix calme et posée.

— Des voyageurs ? Tiens donc !

— Nous sommes de simples humains qui veulent venir en aide au souverain de la cité d'Hakhamin… explique Isaé.

— Tiens, tiens ! Vous connaissez donc Saeros, ce cher roi d'Hakhamin.

— Oui.

Naël sent qu'il peut avoir confiance en cette créature des bois. Il tente donc de lui donner plus de détails sur leur expédition.

— Nous avons échappé aux Waleriens grâce à l'ayaluasca. Nous cherchons simplement un chemin vers Hakhamin.

La Chalandra plisse les yeux. Elle parait peser ses mots. Ces deux étrangers l'intrigue.

— L'ayaluasca, tiens donc…

C'est un peu comme si le nom de la plante sacrée lui évoquait des souvenirs lointains. Elle les considère quelques secondes, comme si elle voulait les analyser. Sans doute a-t-elle aussi le pouvoir de lire dans les pensées, comme bon nombre d'êtres qui peuplent la forêt.

— Vous avez de la chance d'être en vie, confie-t-elle enfin. Savez-vous, jeunes gens, que la forêt sait protéger ses secrets ? En cueillant l'ayaluasca, vous avez pris des risques inconsidérés.

Isaé, sentant la tension dans l'air, s'avance un peu plus.

— Nous ne voulons pas de conflit. Nous cherchons seulement à atteindre la cité le plus rapidement possible. Saeros nous y attend depuis plusieurs semaines. Il doit finir par penser que nous ne rentrerons jamais.

À ce moment-là, d'autres Chalandras apparaissent, sortant des ombres des arbres. Chacune d'elles est aussi belle et gracieuse que la première, avec des traits délicats et des mouvements fluides. Elles portent des ornements faits de branches et de fleurs, et leurs rires retentissent comme des clochettes dans l'air frais.

— Que diriez-vous de partager un repas avec nous ? propose l'une d'elles, un sourire chaleureux illuminant son visage. La forêt a beaucoup à offrir, et nous pourrions vous guider en toute sécurité vers Hakhamin.

Isaé et Naël échangent un regard, soulagés. Les elfes des bois sont probablement pacifiques. Qui plus est, la plante sacrée ne leur est pas étrangère.

*On devrait pouvoir leur faire confiance,* pense Naël en jetant un rapide coup d'œil en direction de son amie.

D'un commun accord, ils acceptent l'invitation, sachant que les Chalandras, bien que mystérieuses, sont des gardiennes de la nature et de la sagesse. Ensemble, ils s'enfoncent au cœur de la forêt, où les secrets des elfes des bois se dévoilent lentement.

— L'aventure continue, murmure Isaé.

Peu après, assis autour d'un feu crépitant, Isaé et Naël partagent leur histoire avec les Chalandras. La lumière dansante éclaire les visages de leurs hôtes, révélant l'inquiétude et la détermination qui s'y mêlent. Les elfes des bois écoutent attentivement. Leurs yeux brillent à la fois d'empathie pour les courageux aventuriers et de colère face aux atrocités commises par les Waleriens.

— Le roi Saeros compte sur nous pour sauver son peuple. Les habitants d'Hakhamin sont figés comme des statues de cire et les enfants ont été enlevés par les Waleriens, explique Isaé.

— Seule la plante sacrée peut leur faire recouvrer la liberté ! ajoute Naël.

Les Chalandras échangent des regards chargés de compréhension. L'une d'elles se lève avec une résolution nouvelle.

— Je suis Olowen, le guide spirituel de la communauté. Nous ne pouvons pas rester les bras croisés pendant que nos frères et sœurs souffrent. Les Waleriens doivent être arrêtés.

Les autres elfes acquiescent.

— Nous allons organiser un grand conseil, annonce solennellement l'une des elfes des bois.

Des chuchotements se propagent alors dans toute la clairière où ils se trouvent. Les oiseaux se sont tus subitement. Les deux amis s'éloignent un moment, afin de les laisser discuter entre elles. Ils leur doivent respect et dignité. Les Chalandras semblent prêts à tout pour leur venir en aide.

— Nous allons organiser une révolte ! annonce fièrement Olowen.

Le guide spirituel explique que la communauté va réunir tous les êtres de la forêt pour faire face à cette menace commune.

— Nous allons rassembler les tribus, déclare Olowen, son regard brillant d'espoir. La forêt est vaste et peuplée de créatures puissantes. Ensemble, nous pourrons renverser les Waleriens

Sans plus attendre, les Chalandras se mettent leur plan incroyable à exécution. Elles envoient des messagers à travers les bois.

— On dirait bien que nous avons trouvé des alliés ! confie Isaé à son ami.

— Tu as raison, Isaé. Ces alliés ne sont pas des moindres !

Des tribus d'êtres fascinants ne tardent pas à affluer dans la clairière. Les Tanagras, des êtres célestes faits d'air et de lumière, arrivent en flottant, leurs voix chantantes apportant une mélodie apaisante. Elles sont les gardiennes des vents et peuvent manipuler les courants d'air pour créer, selon la situation, des tempêtes ou des brises douces.

— Elles me rappellent les Sylphides de la source des trois lunes, confie Isaé à son compagnon.

Les Dryades, esprits des arbres, émergent des troncs noueux. Leur peau est marbrée de l'écorce des arbres, et

leurs cheveux sont ornés de feuilles et de fleurs. Elles peuvent communiquer avec la flore, appelant les arbres à se dresser pour défendre leur territoire.

— On dirait les Gardiens de la liane, confie Naël.

Les Faunes, créatures moitié-homme, moitié-bouc, se joignent à la cause, leurs cornes majestueuses scintillant sous la lumière du feu. Ils apportent avec eux une force brute et une agilité inégalée, prêts à mener des attaques surprises contre les envahisseurs.

Les Néréides, avec leurs robes fluides et leurs mouvements gracieux, émergent des rivières et des lacs. Elles apportent la magie de l'eau, capable de créer des illusions et de manipuler les flots pour submerger leurs ennemis.

Enfin, les Loups de la lune surgissent. Ce sont des créatures impressionnantes aux yeux brillants comme des étoiles. Avec une démarche féline, ils se joignent à la rébellion. Ils sont les éclaireurs de la forêt, rapides et silencieux, capables de traquer les Waleriens à travers les ombres.

Tous ces peuples se rassemblent autour du feu, unis par un même objectif. Isaé et Naël, émerveillés par cette alliance improbable, réalisent que la force de la nature est bien plus puissante que celle des Waleriens.

— Nous voici tous réunis ! Ensemble nous serons invincibles ! déclare Elowen.

Assumant son rôle de guide spirituel de toute la communauté, elle lève son bras en signe de ralliement. Quelque chose d'inattendu se produit alors. Les cris de guerre surhumains résonnent dans la nuit. La forêt tout entière semble vibrer d'une énergie nouvelle. La rébellion est en marche, et l'espoir renaît dans le cœur de tous.

Bientôt, la nuit s'étend sur la jungle amazonienne. L'atmosphère semble chargée d'électricité. Il se dégage une énergie incroyable de tous ces êtres célestes. Les Chalandras, les Tanagras, les Néréides, les Faunes, les Dryades et les Loups de la lune se rassemblent autour du feu, leurs visages illuminés par les flammes dansantes. Assis au centre, Isaé et Naël ressentent un mélange d'excitation et d'appréhension.

— C'est tout de même flippant, confie Isaé à son ami.

Naël acquiesce d'un simple signe de tête. Leur aventure a pris une tournure absolument délirante. A leur arrivée dans l'immensité amazonienne, ils ne pouvaient pas imaginer ce qui allait se passer.

— Nous devons agir rapidement, déclare Elowen, sa voix claire résonnant dans le silence dans le silence profond de la forêt. Les Waleriens risquent de revenir très vite. Nous devons absolument les devancer.

— Mais comment ? s'inquiète Naël, son regard scrutant les visages déterminés autour de lui.

— Le roi Saeros nous a bien dit que les Waleriens étaient invincibles. Même les peuples de la galaxie nous l'ont confirmé ! De plus, sans vouloir vous froisser, nous sommes en infériorité numérique.

— Pas si nous unissons nos forces, rétorque une Dryade, ses yeux brillants d'une sagesse d'un autre âge.

— Sauf votre respect, la magie de la forêt est puissante, mais nous avons besoin de plus, insiste Isaé.

À cet instant, un murmure traverse la forêt, comme un souffle d'air frais. Les Tanagras s'élèvent dans les airs, leurs formes célestes et fluides scintillant sous la lune.

— Nous avons des alliés au-delà des étoiles, dit l'une d'elles, son sourire radieux. Les entités de la galaxie viendront à notre secours.

— Ces êtres de lumière et de sagesse qui veillent sur l'équilibre de l'univers n'hésiteront pas à se rallier à notre cause, affirme une autre Tanagra. Ils ressentent notre détresse et viendront nous prêter main-forte.

Alors que les elfes et les créatures de la forêt se préparent, un éclat lumineux inonde brièvement le ciel nocturne. Des formes brillantes descendent lentement, illuminant la forêt d'une lueur douce et apaisante. Les entités de la galaxie, des êtres aux corps translucides et scintillants, se posent avec grâce autour du feu.

— Nous avons entendu votre appel, déclare l'un d'entre eux. Nous sommes ici pour vous aider à restaurer l'harmonie.

Isaé et Naël ne parviennent pas à les reconnaître. Peut-être faisaient-ils partie de ceux rencontrés dans la forêt auparavant. Pour les deux aventuriers, ces êtres célestes se ressemblent tous plus ou moins. Les peuples de la forêt s'unissent. Emerveillés par la présence des entités galactiques, ils se rassemblent et forment un cercle autour d'elles. Les Néréides s'approchent, fascinées par la lumière.

— Que pouvez-vous faire pour nous ? demande l'une d'entre elles, son regard brillant d'espoir.

— Nous apporterons notre puissance, répond une entité, ses yeux scintillant d'une sagesse infinie. Ensemble, nous créerons un champ de protection autour de vous, vous permettant d'atteindre la cité d'Hakhamin en toute sécurité.

Joignant leurs forces, ils tissent un réseau de lumière et de magie. Isaé et Naël, entourés par cette alliance irréelle, se sentent plus forts que jamais.

— C'est le moment, déclare Elowen, plus déterminée que jamais. Les amis, Hakhamin nous attend !

Les groupes se mettent en marche, avançant à travers la forêt, protégés par le champ de lumière qui les entoure. Les arbres semblent s'incliner en signe de respect, et les animaux de la forêt les observent avec admiration.

Après un long voyage suivi d'une descente compliquée dans le centre de la terre, ils atteignent la cité souterraine d'Hakhamin. Les portes monumentales se dressent devant eux comme des remparts infranchissables. Les murs de pierre scintillent sous la lumière des étoiles, et l'air est chargé d'une énergie vibrante.

— Nous y sommes, s'écrie Naël, le cœur battant d'excitation.

Isaé prend une profonde inspiration.

— Enfin ! A présent, nous devons apporter l'ayaluasca au roi Saeros. C'est notre mission.

Les deux amis remercient chaudement les peuples de la forêt et les entités de la galaxie pour leur aide précieuse.

— Sans vous, nous n'y serions probablement pas arrivé, déclare Naël. Vous venez de sauver le peuple d'Hakhamin !
— Grâce à vous, les enfants de la cité vont pouvoir retrouver la liberté ! s'exclame Isaé. Un grand merci à vous tous, dit-elle en exécutant une sorte de révérence.

En entrant dans la cité silencieuse, Isaé et Naël ressentent une grande fierté. Ils ont accompli leur mission. Le roi va être satisfait.

Ils avancent vers le palais, où le souverain les attend. Saeros, assis fièrement sur son trône royal, les accueille avec un sourire bienveillant.

— Vous avez réussi, mes amis déclare-t-il, ses yeux se posant sur l'ayaluasca que tient Isaé. Grâce à votre courage et à votre détermination, l'équilibre de mon royaume sera bientôt restauré.

Isaé et Naël échangent un regard complice, soulagés et fiers. Ils ont non seulement échappé à l'emprise des Waleriens, mais ils ont également uni des peuples pour une cause commune. Ensemble, ils ont prouvé que l'union fait la force, et que même dans les moments les plus sombres, l'espoir peut briller comme une étoile dans la nuit.

# Chapitre 15

## L'oracle

Dans la grande salle du palais d'Hakhamin, l'atmosphère est chargée d'une tension palpable. Les murs ornés de fresques racontent l'histoire glorieuse de la cité, mais aujourd'hui, un silence lourd pèse sur les lieux. Isaé et Naël se tiennent devant Saeros, qui les regarde avec une admiration profonde.

— Vous avez accompli un exploit extraordinaire, déclare le souverain. L'ayaluasca est ici grâce à vous.

Il s'approche d'eux, ses yeux brillants d'espoir.

— Mes amis, vous avez mon éternelle reconnaissance.

Isaé, encore tremblante d'émotion, répond :

— Nous n'avons fait que ce qui était juste, Majesté.

— A présent, il nous faut agir, ajoute Naël en considérant les vitrines qui entourent la salle. À l'intérieur, les habitants d'Hakhamin sont figés, leurs visages pâles et sans vie, ressemblant à des poupées de chiffon.

— Oui, dit Saeros, son expression se durcissant. Les Waleriens ont plongé notre peuple dans un profond sommeil. Désormais, nous pouvons les en sortir.

Il se tourne vers la plante sacrée qu'Isaé et Naël ont rapportée. Ses feuilles brillent d'une lueur mystérieuse, promettant un espoir de renaissance.

— Je vais leur administrer la plante, déclare le roi, déterminé. Mais je dois le faire avec précaution.

Il s'approche d'une des vitrines, où une femme aux cheveux d'or est figée dans une pose de surprise. Saeros prend une petite quantité de l'ayaluasca et l'applique délicatement sur ses lèvres.

— Réveille-toi, peuple d'Hakhamin, murmure-t-il, sa voix empreinte de tendresse. L'heure de votre retour à la vie est enfin arrivée.

À cet instant, un léger tremblement parcourt la salle. Les feuilles de l'ayaluasca émettent des vibrations. Une douce lumière enveloppe la femme endormie. Lentement, elle entrouvre les yeux. Ses joues s'empourprent. Un souffle de vie circule de nouveau dans son corps. Elle cligne alors des yeux, comme si elle émergeait d'un long rêve.

— Où suis-je ?

Sa voix est très faible mais elle est en vie. C'est un miracle.

— Vous êtes en sécurité, répond Saeros, un sourire illuminant son visage. Vous êtes de retour parmi nous.

Encouragé par ce premier succès, le roi continue son œuvre. Il administre la plante miraculeuse à d'autres habitants, chacun se réveillant lentement de sa torpeur. Les visages figés commencent à s'animer, des expressions de surprise et de joie se dessinant sur leurs traits.

— Qu'est-ce qui se passe ? s'étonne l'un d'eux.

— Les Waleriens ont tenté de nous anéantir, mais grâce à ces valeureux aventuriers, vous, mon peuple, êtes de retour, leur explique Saeros avec fierté.

La salle se remplit peu à peu de murmures et de rires, alors que peuple d'Hakhamin reprend conscience. Les vitrines s'ouvrent, et les gens se précipitent pour se retrouver, s'enlaçant et pleurant de joie.

— Nous sommes vivants ! s'écrie une femme, les larmes aux yeux. Nous sommes enfin libres !

Isaé et Naël, témoins de cette scène émouvante, peinent à contenir leur joie. Ils ont non seulement protégé la plante sacrée, mais aussi redonné vie à un peuple entier.

— Un grand merci, chers amis ! déclare Sareos. Vous avez fait plus que sauver notre cité. Vous avez ravivé notre espoir.

Les habitants d'Hakhamin, désormais éveillés, se rassemblent autour de leurs sauveurs, leurs visages rayonnants de gratitude. La lumière de l'ayaluasca continue de briller, illuminant la salle d'une lueur chaleureuse, symbole d'un nouveau départ pour la cité et son peuple.

Dans la grande salle du palais, les fresques historiques et légendaires peintes sur les murs semblent s'animer elles aussi. Les chuchotements passionnés des conseillers y résonnent déjà. La vie reprend.

Puis, le souverain prend la parole pour s'adresser à son peuple. La situation est grave. Il faut sauver les enfants des griffes des Waleriens.

— Il n'y a plus une minute à perdre, déclare-t-il. Les enfants sont en danger, et ces monstrueuses créatures ne reculeront devant rien pour nous empêcher de les reprendre.

Sa voix impétueuse semble rebondir sur les parois de la grande salle, pareil à l'écho dans la montagne. Isaé, les mains posées à plat sur la table en bois sculpté, répond avec conviction :

— Nous avons besoin de l'ayaluasca. Si nous pouvons approcher les Waleriens suffisamment près, nous pourrons non seulement libérer les enfants mais anéantir ces monstres nuisibles !

> — Mais comment ? interroge Naël. Même les entités galactiques ignorent leur position.

Saeros, les yeux brillants d'une lueur d'espoir, propose :

— J'ai entendu parler d'un ancien oracle, caché dans les montagnes de la Libellule. Maintenant que nous possédons la plante sacrée, il pourrait peut-être nous indiquer la voie vers la planète des Waleriens.

> — Un oracle ? demande Isaé, les sourcils froncés.

> — Je comprends votre étonnement, jeune femme. Il est vrai que cela fait des siècles qu'il n'a pas été vu, admet Sareos.

— Il est peut-être parti dans le royaume des morts, suggère un conseiller du roi.

— C'est un risque que nous devons prendre, insiste Naël. Si nous ne tentons rien, nous ne retrouverons jamais les enfants.

Le roi acquiesce, son visage se radoucissant légèrement.

— Très bien. Vous partirez à l'aube. Mais soyez prudents. Les Waleriens ont des yeux partout.

*C'est rien de le dire,* pense Isaé.

Le lendemain, alors que le soleil se lève sur la cité d'Hakhamin, les deux amis se remettent en route.

— Finalement, le repos aura été de courte durée, se plaint Isaé.

Les longues marches interminables commencent à se faire ressentir. Ses pieds sont meurtris de bleus et d'ampoules. Après presque cinq heures de marche, les montagnes de la Libellule, majestueuses et intimidantes, se dessinent à l'horizon. Le chemin est escarpé, et chaque pas est un véritable défi.

— Tu penses vraiment que cet oracle peut nous aider ? demande Isaé, essuyant la sueur de son front.

— Sans doute, lui répond son compagnon. Selon Sareos, les légendes parlent de sa sagesse. S'il existe encore, il saura où se cachent les Waleriens.

Ils finissent par atteindre le flan de la montagne Libellule. Saeros leur a parlé d'une grotte dissimulée derrière des masses de roches. Un arbre centenaire pousse juste devant l'entrée.

— C'est ici. Cela correspond aux descriptions de Sareos.

Le soleil décroit à l'horizon. L'après-midi touche à sa fin. Il leur a fallu une journée entière pour atteindre leur but. À l'intérieur, l'air est frais et chargé d'une énergie mystérieuse. Au fond de la galerie, une silhouette se dessine, enveloppée dans une lumière douce. C'est l'oracle, un vieil homme aux yeux perçants.

— C'est lui, tu es sûr ? demande Isaé.

— Oui, c'est lui, confirme Naël.

En le découvrant, Isaé en reste bouche bée. L'oracle est un homme dont l'apparence défie le temps. Sa chevelure, longue et argentée, cascade comme une rivière de lumière sur ses épaules, tandis que sa barbe, tout aussi fournie, encadre un visage entièrement tatoué, marqué par les années, mais qui semble étrangement intemporel. Ses yeux, d'un bleu profond, brillent d'une sagesse infinie, comme s'ils avaient vu les âges défiler et les secrets de l'univers se dévoiler. Sa peau, en plus des nombreux tatouages, est tannée par le soleil et le vent et parsemée de rides qui racontent des histoires de solitude et de contemplation. Il porte des vêtements simples, faits de tissus naturels, qui se fondent dans le paysage montagneux.

Une tunique en lin beige, usée par le temps, et un pantalon de toile sombre lui donnent un air à la fois humble et mystérieux.

Alors qu'il se redresse dans la grotte, l'oracle se déplace avec une grâce tranquille, ses pieds nus effleurant le sol rocailleux. Il est en communion totale avec la nature. Il tient un bâton de marche, sculpté avec soin, qui semble être à la fois un soutien et un symbole de son autorité spirituelle.

Selon la légende, peu de gens ont eu la chance de le rencontrer. Ceux qui l'ont croisé parlent d'une aura apaisante qui émane de lui, une présence qui suscite le respect et la curiosité. En somme, l'oracle est une figure énigmatique, un sage dont l'apparence reflète la profondeur de son savoir et la sérénité de son existence.

— Qui vient me déranger à cette heure ? demande-t-il d'une voix rauque.

— Nous sommes Isaé et Naël, répond Isaé. Nous cherchons la planète des Waleriens pour sauver les enfants de la cité d'Hakhamin.

L'oracle les fixe intensément.

— Les Waleriens sont rusés. Si vous souhaitez entrer en contact avec eux, vous devez vous rendre sur la lune de Zorath. C'est là-bas que l'ayaluasca fleurit. Sa fragrance vous guidera vers eux. Mais attention, approchez-vous avec prudence.

Naël hoche la tête, reconnaissant.

— Merci, sage oracle. Seulement, nous avons déjà trouvé la plante sacrée.

— Mais c'est impossible, elle ne pousse que sur Zorath !

— Les Sylphides nous ont guidés jusqu'à la source des trois lunes. Nous avons pu cueillir la plante sacrée. Les créatures célestes ont accepté qu'on puisse la rapporter à Sareos pour secourir son peuple.

— L'ayaluasca ne se laisse pas cueillir si facilement. Vous devez être dignes de confiance. Vous m'impressionnez !

— Vous pouvez nous faire confiance, vous savez ! dit fièrement Isaé.

Le vieil homme réfléchit un instant. La tête légèrement penchée, il entre en communion avec la terre. Enveloppé d'une aura de puissance, il se tient devant les deux jeunes gens. Sa silhouette élancée est maintenant drapée dans des tissus aux motifs ancestraux, qui flottent légèrement autour de lui, comme s'ils dansaient au rythme de ses incantations. À mesure qu'il commence à murmurer des paroles anciennes, son visage se transforme, ses traits se durcissent et se relâchent, révélant une concentration intense. Il entre en lévitation, défiant les lois de la gravité, tandis que son corps tremble d'une énergie incroyable. Ses yeux, d'un éclat surnaturel, se révulsent, témoignant de l'intensité de la connexion qu'il établit avec les divinités. Des murmures inaudibles s'échappent de ses lèvres, résonnant dans la grotte comme le message d'un autre monde. Ses pieds, désormais détachés du sol, semblent flotter dans un espace sacré, tandis qu'il s'enfonce plus profondément dans une transe mystique, unissant le monde des mortels et celui des dieux. Isaé et Naël sont littéralement fascinés par ce qu'ils voient.

Dehors, la nuit tombe et la grotte sombre dans l'obscurité. Commence alors un cérémonial interminable devant les deux aventuriers médusés.

# Chapitre 16

## Liberi

Le lendemain, dans la quiétude de la montagne, où le vent murmure des secrets anciens, l'oracle se tient au sommet d'un promontoire, entouré de pierres sacrées. Le ciel s'assombrit lentement, et une lueur argentée commence à envelopper la scène. Les peuples de la forêt alentours, rassemblés en cercle, observent le sage avec humilité et admiration. L'oracle, à présent vêtu d'une simple tunique en lin beige, lève les bras vers le ciel. Ses yeux, d'un bleu profond, se ferment lentement, et un frisson parcourt son corps. Les murmures des prières commencent à s'élever, rappelant des chants d'un autre temps.

— Ô grands dieux de l'univers, entendez mon appel ! déclare-t-il d'une voix profonde, presque hypnotique. Déesse de la paix, protège les âmes des peuples de la forêt et de la galaxie. Que ta lumière éclaire notre chemin !

À mesure qu'il parle, ses mains s'élèvent plus haut, et son corps commence à se soulever du sol, flottant légèrement au-dessus des pierres. Les peuples célestes, ébahis, retiennent leur souffle. Les yeux de l'oracle se révulsent, révélant un blanc éclatant, tandis qu'il entre de nouveau en transe.

— Ancêtres bien-aimés, venez à moi ! continue-t-il.

L'écho de sa voix traverse la vallée et se répercute sur les montagnes rocheuses.

— Veuillez accorder votre force au souverain d'Hakhamin, poursuit l'oracle. Conduisez ces jeunes aventuriers jusqu'aux Waleriens et permettez-leur de les vaincre. Libérez les enfants de la cité oubliée!

Bien qu'il ne fasse pas nuit, le scintillement des étoiles s'accroit subitement, comme si les astres répondaient à son appel. L'air vibre d'une énergie mystique et l'ensemble des créatures, les yeux rivés sur l'oracle, sentent une vague de chaleur les envelopper.

Pendant ce temps, dans la forêt voisine, Isaé et Naël se tiennent devant un ancien autel de pierre. L'oracle leur a ordonné de se rendre près de l'autel sacré dédié à la déesse de la paix.

— Que devons-nous faire ? demande Isaé

— Il n'y a plus qu'à attendre. J'ai confiance en l'oracle.

— Comment allons-nous entrer en contact avec les Waleriens ? Cela me parait tellement impossible ! avoue Isaé.

— Je pense que l'oracle attend de nous un minimum de concentration. Ecoute sa plainte lointaine ! On dirait qu'il tente de rallier les créatures divines.

— Ce vieil homme est puissant. A lui seul, on dirait presque qu'il pourrait déplacer des montagnes !

— Ou des Waleriens, ajoute Naël non sans malice.

Les incantations de l'oracle s'amplifient à l'extrémité de la forêt. Soudain, à la surprise de Naël, un oiseau multicolore se pose sur son épaule. Doucement, il lui chante une mélodie à l'oreille.

— Que dit-il ? demande Isaé.

Son compagnon lui commande de se taire. L'oiseau semble lui délivrer un message car Naël ne bronche pas. L'oiseau céleste a toute son attention.

— C'est un message de paix, explique enfin Naël.

— Que doit-on faire ?

— Le transmettre à notre tour. Du moins, je crois.

— Si tu le dis…

Les deux jeunes commencent à chanter une mélodie douce, une invocation à la paix et à l'unité. Soudain, une lumière éblouissante apparaît devant eux, et des silhouettes éthérées commencent à se former.

— Regarde ! s'écrie Isaé.

Mais les visages angéliques se métamorphosent aussitôt en créatures monstrueuses et hideuses.

— Les Waleriens ! hurle Naël.

— Qui ose nous appeler ? demande l'un d'eux, de sa voix caverneuse.

— Nous sommes Isaé et Naël, répond Isaé avec courage. Nous sommes sous la protection de la déesse de la paix. L'oracle nous a ouvert le chemin pour vous contacter.

Naël avale sa salive avec difficulté. La situation est plus que cocasse. Les êtres gigantesques les toisent de toute leur imposante stature. Que va-t-il advenir ? De son côté, Isaé est absolument tétanisée.

— Nous venons pour libérer les enfants d'Hakhamin, ose le jeune homme.

Les Waleriens échangent des regards, puis l'un d'eux s'avance. Les deux jeunes aventuriers pensent alors que leur fin est proche. Ils tremblent de la tête au pied. Ces monstres ne feront de leurs corps qu'une seule bouchée.

*Pitié,* pense Isaé.

De l'autre côté, perché au-dessus de son promontoire encerclé de pierres sacrées, l'oracle redouble d'énergie. Ses incantations et ses prières parviennent jusqu'à eux. Les deux amis peuvent entendre ses paroles malgré la distance.

> — Recevez ce message de paix, ô créatures célestes !

L'oracle s'adresse directement aux Waleriens.

> — Ils ont l'ayaluasca ! Vous ne pouvez rien contre eux !

L'oracle a parlé. La forêt se tait. Dans la tiédeur de l'immensité végétale, les Waleriens, peuple cruel, rebelle et indestructible, n'esquissent pas un geste. Ils baissent les armes. L'oracle a su les convaincre.

Là, au cœur du massif montagneux de la Libellule, un phénomène sans précédent se produit. Les Waleriens s'effacent pour laisser place aux deux aventuriers qui n'en reviennent toujours pas.

> — Votre cœur est pur, déclare l'un d'entre eux. Nous vous guiderons. Suivez-nous.

De retour auprès de l'oracle, ils constatent que la cérémonie atteint son apogée. L'oracle, toujours en lévitation, ressent la connexion entre les jeunes aventuriers et les Waleriens. Il sait que leur destin est désormais lié.

— Allez, jeunes âmes, murmure-t-il, sa voix résonnant dans l'air. La lumière vous guidera.

Isaé et Naël, sans plus attendre, remercient l'oracle pour son aide précieuse. Ils ne souhaitent pas s'attarder auprès des Waleriens. Ils leur font une confiance relative. Puis, guidés par les lucioles de la paix, ils traversent la forêt dense jusqu'à atteindre un passage souterrain menant à une immense cavité dissimulée derrière un rideau de lianes.

La lumière du jour peine à pénétrer cet endroit mystérieux, et une brise fraîche s'échappe de l'obscurité. En entrant, ils sont accueillis par un spectacle à couper le souffle : la galerie s'étend devant eux, ses parois scintillant de cristaux qui reflètent des éclats de lumière, créant une atmosphère presque magique. Le plafond est si haut qu'il semble se perdre dans les ombres, tandis que des stalactites pendent comme de longs filaments de glace suspendus dans le temps. Le sol est recouvert d'une fine couche de sable, et des échos résonnent à chaque pas qu'ils font, comme si la grotte elle-même murmurait des secrets oubliés.

Alors qu'ils s'enfoncent plus profondément, un frisson les parcourt. Au détour d'un couloir, ils découvrent une scène qui les fige sur place. Des milliers d'enfants sont rassemblés, leurs visages marqués par la peur et l'incertitude. Certains sont très jeunes, à peine âgés de quelques mois, blottis dans les bras de leurs aînés, tandis que d'autres, plus grands, affichent des regards résignés. Les enfants portent des vêtements usés, décolorés par le temps, et leurs yeux brillent d'une lueur d'espoir mêlée à la tristesse.

Isaé et Naël échangent un regard, réalisant avec stupéfaction qu'ils viennent de retrouver les enfants disparus de la cité d'Hakhamin. Les souvenirs de rires et de jeux résonnent dans leur esprit, maintenant remplacés par cette vision déchirante. Ils comprennent qu'ils doivent agir, qu'il est temps de libérer ces âmes innocentes et de ramener l'espoir dans leur cité.

— Nous l'avons fait !  s'écrie Naël, le cœur débordant de joie.

— Oui, et maintenant, retournons à Hakhamin ! répond Isaé, prenant la main d'un des enfants.

Ensemble, ils font le chemin du retour, les rires des enfants emplissant la forêt. Lorsqu'ils arrivent à la cité d'Hakhamin, une grande célébration les attend. Le roi Saeros a peine à contenir sa joie. Quoiqu'il entreprenne, il ne pourra jamais assez remercier ces deux aventuriers. Le destin a frappé et lui a offert ce merveilleux cadeau.

*Leurs pouvoirs sont immenses,* pense-t-il.

De l'autre côté de la forêt, sur la montagne de la Libellule, l'oracle, enfin redescendu sur terre, sourit avec sagesse. La déesse de la paix a entendu leurs prières, et l'harmonie règne à nouveau sur les terres d'Hakhamin. Les rires des enfants envahissent la cité.

# Epilogue

Pendant plusieurs jours, le peuple ovationne Isaé et Naël, exprimant sa gratitude pour leur courage et leur détermination à libérer la cité de l'emprise des Waleriens.

Dans la cité, une ambiance de fête emplit l'air alors que le peuple se rassemble pour célébrer les aventuriers téméraires. Les visages sont illuminés par la joie et la gratitude. Les habitants, vêtus de leurs plus beaux habits, applaudissent et acclament les deux héros qui se tiennent fièrement au centre de la place.

Des cris d'encouragement fusent de tous côtés :

— Bravo, Isaé ! Bravo, Naël !

Les enfants, les yeux brillants d'admiration, s'élancent pour toucher les mains des courageux libérateurs. Des fleurs sont lancées en leur direction, créant une pluie colorée qui danse au gré du vent. Les anciens, émus, racontent aux plus jeunes les récits de bravoure des deux héros, tandis que des chants traditionnels s'élèvent, rendant hommage à leur détermination et à leur succès. La plante sacrée est présentée avec fierté, symbole d'espoir et de renouveau pour le peuple.

Isaé et Naël, touchés par cet hommage, échangent des sourires complices, conscients de l'impact de leur acte sur la vie de tous. La cité, unie dans la célébration, vibre d'une énergie

collective, célébrant non seulement leur victoire, mais aussi la force de la solidarité et du courage.

Enfin, après des adieux déchirants au roi Saeros et à son peuple, Isaé et Naël s'engagent de nouveau dans l'immensité végétale.

— Une partie de nous restera à jamais dans cette cité, avoue Naël.

— Mon âme appartient à Hakhamin, souffle Isaé, les yeux embués de larmes.

Les deux amis avancent sur le chemin du retour, le cœur lourd mais l'esprit rempli de souvenirs inoubliables.

Chaque pas qu'ils font les renvoie à leur incroyable aventure. Ils se remémorent les créatures célestes qu'ils ont rencontrées, des êtres d'une beauté et d'une sagesse que nul ne soupçonne. Saeros leur a confié que la cité doit désormais rester bien cachée. L'accès par le tunnel sera détruit, une mesure nécessaire pour préserver la quiétude de son peuple. Ils ne se reverront sans doute jamais.

Isaé observe son ami. Il semble tellement fier de leur aventure commune. Tous deux échangent un sourire complice. Ils savent que leur mission est accomplie, mais ils ressentent aussi le poids de ce secret. La cité d'Hakhamin doit demeurer perdue aux yeux de tous, pareil à un sanctuaire protégé pour le bien-être de ceux qui y vivent. Alors qu'ils s'enfoncent dans la forêt, ils se promettent de garder cette aventure gravée dans leur mémoire, un trésor inestimable qu'ils partageront peut-être un jour, mais seulement avec ceux qui sauront apprécier la magie de ce monde oublié.

*A propos de l'auteur :*

*Nathalie Antien est auteure illustratrice. Elle se diversifie dans les genres littéraires. Depuis 2017, elle publie des albums illustrés éducatifs pour les jeunes enfants, des romans pour la jeunesse ainsi que des romans destinés aux adultes. Elle écrit aussi des recueils de nouvelles et des carnets de voyage. Elle réside dans le Sud-Ouest de la France.*

*Vous pouvez découvrir ses ouvrages sur son site professionnel. Ses livres sont disponibles en librairie.*

*http://www.nathalie-antien.fr*

*Imprimé en Allemagne*
*2025*